L'odyssée miraculeu.

d'Édouard Toulaine

L'odyssée miraculeuse
D'ÉDOUARD TOULAINE

KATE DiCAMILLO

ILLUSTRATIONS DE BAGRAM IBATOULLINE

TEXTE FRANÇAIS D'HÉLÈNE PILOTTO

Éditions
■▲SCHOLASTIC

Catalogage avant publication de Bibliothèque et Archives Canada

DiCamillo, Kate
L'odyssée miraculeuse d'Édouard Toulaine / Kate DiCamillo;
illustrations de Bagram Ibatoulline;
texte français d'Hélène Pilotto.

Traduction de : The Miraculous Journey of Edward Tulane.

ISBN 0-439-94213-6
I. Ibatoulline, Bagram II. Pilotto, Hélène III. Titre.

PZ23.D5IOd 2006   j813'.6   C2006-904815-0

ISBN-13 978-0-439-94213-3

Publié selon une
entente conclue avec
Walker Books Limited,
London SE11 5HJ.

Le texte a été composé en caractères CentaurMT.
Les illustrations ont été peintes à la gouache acrylique.

Édition publiée par les Éditions Scholastic,
604, rue King Ouest, Toronto (Ontario) M5V IEI.

6 5 4 3 2   Imprimé au Canada 139   13 14 15 16 17

Pour Jane Resh Thomas,
qui m'a offert le lapin et qui m'a révélé son nom

Le cœur se brise et se brise,

et vit par ces brisures.

Il faut s'enfoncer dans les ténèbres,

toujours plus loin,

et ne jamais se retourner.

Traduction libre d'un extrait de *The Testing-Tree*,
de Stanley Kunitz

L'odyssée miraculeuse

d'Édouard Toulaine

CHAPITRE UN

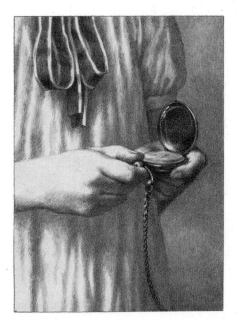

DANS UNE MAISON DE LA RUE D'ÉGYPTE VIVAIT
un lapin qui était presque entièrement fait de porcelaine. Il avait
des bras et des jambes de porcelaine, des pattes et une tête de
porcelaine, un torse et un museau de porcelaine. Ses bras et ses
jambes étaient articulés; du fil de fer reliait ses coudes de
porcelaine et ses genoux de porcelaine afin qu'ils puissent se plier,
ce qui lui donnait une grande liberté de mouvement.

Ses oreilles étaient en fourrure de lapin véritable. Sous la
fourrure, des tiges solides mais flexibles permettaient de les placer
dans différentes positions reflétant l'humeur du lapin : enjoué,
fatigué, languissant d'ennui. Sa queue aussi était faite de vraie
fourrure de lapin, et elle était duveteuse, douce et bien taillée.

Il s'appelait Édouard Toulaine et c'était un lapin de grande taille. Du bout de ses oreilles jusqu'au bout de ses pieds, il mesurait un peu moins d'un mètre; ses yeux étaient peints d'un bleu pénétrant et intelligent.

Sous tous les rapports, Édouard Toulaine s'estimait exceptionnel. Seules ses moustaches le laissaient songeur. Elles étaient longues et élégantes (comme il se doit), mais leur origine était incertaine. Édouard avait la nette impression qu'elles n'étaient pas des moustaches de lapin. À qui ces moustaches avaient-elles appartenu à l'origine, de quel animal louche provenaient-elles? C'était une question à laquelle Édouard n'aimait pas réfléchir trop longtemps. Alors, il l'évitait. D'ailleurs, en règle générale, il chassait toute pensée déplaisante de son esprit.

La propriétaire d'Édouard était une fillette aux cheveux foncés, âgée de dix ans et répondant au nom d'Abeline Toulaine. Celle-ci estimait Édouard presque autant qu'il s'estimait lui-même. Chaque matin, avant de partir pour l'école, Abeline s'habillait, puis elle habillait Édouard.

Le lapin de porcelaine possédait une garde-robe extraordinaire qui comptait des habits de soie cousus main, des chaussures sur mesure taillées dans les cuirs les plus fins et conçues spécialement pour ses pieds de lapin, ainsi qu'un vaste assortiment de chapeaux pourvus de trous, s'adaptant tous aisément aux oreilles d'Édouard, qu'il avait longues et expressives. Sur chaque pantalon à la coupe impeccable était cousue une petite poche pouvant accueillir la montre de gousset en or d'Édouard. Chaque matin, Abeline remontait cette montre pour lui.

— N'oublie pas, Édouard, lui disait-elle après avoir remonté la montre. Je rentrerai à la maison quand la grande aiguille sera sur le douze et la petite aiguille sur le trois.

Elle installait Édouard sur une chaise de la salle à manger et plaçait la chaise de façon qu'il puisse regarder par la fenêtre et voir l'allée qui menait à la porte d'entrée des Toulaine. Elle posait la montre sur la jambe gauche du lapin. Puis elle déposait un baiser sur le bout de ses oreilles et s'en allait. Toute la journée, Édouard regardait la rue d'Égypte en écoutant le tic-tac de sa montre et attendait.

De toutes les saisons, celle que le lapin préférait était l'hiver, car le soleil se couchait tôt, la salle à manger s'assombrissait et il pouvait alors observer son reflet dans la vitre. Et quel reflet! Quelle allure élégante il avait! Édouard s'étonnait sans cesse de sa propre splendeur.

Le soir venu, il s'assoyait à la table de la salle à manger avec les autres membres de la famille Toulaine : Abeline, sa mère et son père, et aussi la grand-mère d'Abeline qui s'appelait Pellegrina. Il est vrai que les oreilles d'Édouard atteignaient tout juste le dessus de la table et qu'il passait tout le repas à fixer la nappe devant lui, d'un blanc immaculé et éblouissant. Mais il était présent; il était assis à table.

Les parents d'Abeline trouvaient charmant que leur fille considère Édouard comme un être vivant et qu'elle demande parfois qu'une phrase ou qu'une histoire soit répétée parce qu'Édouard ne l'avait pas entendue.

— Papa, disait alors Abeline, j'ai bien peur qu'Édouard n'ait pas compris ce dernier bout de phrase.

Dans ces cas-là, le père d'Abeline se tournait vers ce qui dépassait des oreilles d'Édouard et répétait au lapin de porcelaine ce qu'il venait de dire, en prenant soin de parler lentement. Par politesse envers Abeline, Édouard faisait semblant d'écouter. Mais en réalité, il ne s'intéressait pas vraiment à ce que les gens racontaient. Et puis il se moquait bien des parents d'Abeline et de leurs manières condescendantes à son égard. D'ailleurs, tous les adultes le traitaient avec un brin de mépris.

Seule la grand-mère d'Abeline lui parlait d'égal à égal, comme Abeline le faisait. Pellegrina était très âgée. Elle avait un long nez pointu, et des yeux noirs et brillants qui scintillaient comme de sombres étoiles. C'était elle la responsable de l'existence d'Édouard. C'était elle qui avait ordonné sa confection, elle qui avait commandé ses costumes de soie et sa montre de poche, ses jolis chapeaux et ses oreilles flexibles, ses chaussures de cuir fin et ses membres articulés, tout cela à un maître artisan de sa terre natale. C'était elle qui l'avait offert en cadeau à Abeline pour son septième anniversaire.

Et c'était elle qui venait chaque soir border Abeline et Édouard, chacun dans son lit.

— Peux-tu nous raconter une histoire, Pellegrina? demandait chaque soir Abeline à sa grand-mère.

— Pas ce soir, jeune demoiselle, répondait Pellegrina.

— Alors quand? demandait Abeline. Quel soir?

— Bientôt, répondait Pellegrina. Bientôt, je vous raconterai une histoire.

Puis elle éteignait la lumière et sortait. Édouard et Abeline restaient étendus dans l'obscurité de la chambre.

— Je t'aime, Édouard, disait chaque soir Abeline après le départ de Pellegrina.

Elle prononçait ces mots et attendait, un peu comme si elle espérait qu'Édouard lui réponde.

Édouard ne disait rien. Il ne disait rien parce qu'il ne pouvait pas parler, bien sûr. Il était allongé dans son petit lit, tout près du grand lit d'Abeline. Il fixait le plafond et écoutait le bruit de l'air qui entrait et sortait du corps d'Abeline, sachant que la fillette serait bientôt endormie. Parce que ses yeux étaient peints et qu'il ne pouvait pas les fermer, Édouard restait toujours éveillé.

Parfois, si Abeline le couchait sur le côté plutôt que sur le dos, il arrivait à apercevoir la nuit noire entre les fentes des rideaux. Par temps clair, les étoiles brillaient, et ces petits points lumineux réconfortaient Édouard d'une manière qu'il avait du mal à expliquer. Souvent, il passait toute la nuit à observer les étoiles, jusqu'à ce que l'obscurité s'efface enfin devant l'aube naissante.

CHAPITRE DEUX

Ainsi s'écoulaient les jours d'Édouard, un à un. Rien de remarquable ne se produisait. Oh, bien sûr, il y avait les petits drames occasionnels du quotidien. Une fois par exemple, pendant qu'Abeline était à l'école, le chien du voisin – un boxer mâle tacheté curieusement baptisé Rosie – était entré dans la maison sans y être invité et sans s'être annoncé, avait levé la patte devant la table de la salle à manger et avait arrosé la nappe blanche de son urine. Il avait ensuite trottiné jusqu'à Édouard, l'avait reniflé et, avant même qu'Édouard ait pu s'indigner d'être reniflé par un chien, Rosie l'avait saisi entre ses mâchoires et l'avait secoué en tous sens avec vigueur, tout en grognant et en bavant.

Par chance, la mère d'Abeline était passée près de la salle à manger au même moment et elle avait été témoin du mauvais traitement infligé à Édouard.

— Laisse ça! avait-elle crié à Rosie.

Et Rosie, dans un sursaut de bonne volonté, avait obéi.

Le costume de soie d'Édouard avait été taché de bave et sa tête avait élancé pendant plusieurs jours, mais c'était son orgueil qui avait le plus souffert. La mère d'Abeline l'avait traité de « ça » et elle avait été davantage scandalisée par l'urine sur sa nappe que par les affronts qu'avait subis Édouard entre les mâchoires de Rosie.

Il y avait aussi eu cet épisode où une servante, nouvellement à l'emploi de la famille Toulaine et désireuse d'impressionner ses employeurs par son zèle, avait trouvé Édouard assis sur la chaise de la salle à manger.

— Que fait ce joujou ici? avait-elle dit à voix haute.

Édouard s'était offusqué du mot « joujou ». Il l'avait trouvé extrêmement humiliant.

La servante s'était penchée vers lui et l'avait regardé dans les yeux.

« Laisse ça! » avait-elle crié à Rosie.

— Hum, avait-elle fait.

Elle s'était relevée et avait mis les mains sur les hanches.

— J'imagine que tu es comme tout le reste dans cette maison : tu as besoin d'être nettoyé et dépoussiéré.

La servante avait alors entrepris de nettoyer Édouard Toulaine avec l'aspirateur. Elle avait aspiré chacune de ses longues oreilles avec le tuyau. Elle avait frotté ses vêtements et secoué sa queue. Elle avait épousseté sa figure avec brutalité et efficacité. Puis, par souci de zèle, elle avait passé un coup d'aspirateur sur sa montre de poche en or qui se trouvait sur ses genoux. La montre avait disparu dans le tuyau en produisant un son inquiétant que la servante n'avait même pas semblé remarquer.

Une fois son travail terminé, elle avait replacé la chaise devant la table de la salle à manger, puis, ne sachant pas trop où ranger Édouard, elle avait décidé de le coincer parmi les poupées qui ornaient une étagère de la chambre d'Abeline.

— Voilà, avait dit la servante. Ta place est ici.

Elle avait laissé Édouard sur l'étagère dans une position des plus embarrassantes et des plus inconfortables – son nez touchait ses genoux — et il avait attendu ainsi, parmi les poupées qui jacassaient et gloussaient à son sujet comme une volée d'oiseaux écervelés et hostiles, jusqu'à ce qu'Abeline revienne de l'école, constate son absence et se mette à courir d'une pièce à l'autre en criant son nom.

— Édouard! Édouard!

Bien sûr, il n'avait aucun moyen de lui faire savoir où il était, aucun moyen de lui répondre. Il ne pouvait que rester là à attendre.

Quand Abeline l'avait trouvé, elle l'avait serré si fort contre elle qu'il avait senti le cœur de la fillette battre et presque sortir de sa poitrine tellement elle était agitée.

— Édouard! s'était-elle écriée. Oh, Édouard! Je t'aime. Je ne veux plus te quitter.

Le lapin aussi avait ressenti une vive émotion. Pas de l'amour, cependant. Plutôt de la rancœur pour avoir été violemment malmené par la servante et pour avoir été manipulé aussi cavalièrement que s'il avait été un objet inanimé, un plat de service ou une théière, par exemple. La seule satisfaction qu'il avait tirée de toute cette affaire, c'était que la nouvelle servante avait été renvoyée sur-le-champ.

On avait trouvé la montre d'Édouard plus tard, loin dans les entrailles de l'aspirateur, bosselée, mais elle fonctionnait toujours; c'était le père d'Abeline qui la lui avait redonnée en exécutant un salut moqueur.

— Monsieur Édouard, avait-il dit, je crois que cette montre vous appartient.

L'affaire Rosie et l'incident de l'aspirateur : voilà à quoi se résumaient les grands drames de la vie d'Édouard avant le soir du onzième anniversaire d'Abeline où, autour du gâteau qui venait d'être servi, on fit mention du paquebot.

CHAPITRE TROIS

— IL S'APPELLE LE *QUEEN MARY,* DIT LE PÈRE d'Abeline, et toi, ta maman et moi, nous allons voguer jusqu'à Londres.

— Et Pellegrina? demanda Abeline.

— Je n'irai pas, répondit Pellegrina. Je reste ici.

Édouard, comme d'habitude, n'écoutait pas. Il trouvait les discussions à table extrêmement ennuyeuses; il se faisait même un point d'honneur de ne pas les écouter, si cela était possible. Mais ce soir-là, Abeline fit quelque chose d'inhabituel, quelque chose qui l'obligea à être attentif. Pendant que la discussion à propos du paquebot se poursuivait, Abeline allongea le bras, souleva Édouard de sa chaise et l'installa sur ses genoux.

— Et Édouard dans tout ça? dit-elle d'une voix haut perchée

et mal assurée.

— Qu'y a-t-il, ma chérie? demanda sa mère.

— Est-ce qu'Édouard viendra à bord du *Queen Mary* lui aussi?

— Mais bien sûr, si tu veux. Je trouve quand même que tu commences à être bien grande pour t'intéresser aux lapins de porcelaine.

— Mais pas du tout, lança le père d'Abeline d'un ton joyeux. Et puis, qui protégera Abeline si Édouard n'est pas là?

Sur les genoux d'Abeline, Édouard avait un point de vue remarquable qui lui permettait de voir toute la table d'un seul coup d'œil, ce qu'il ne pouvait pas faire lorsqu'il était assis sur sa chaise. Il contempla l'arrangement étincelant que formaient l'argenterie, les verres et les assiettes. Il vit les regards amusés et condescendants des parents d'Abeline. Puis ses yeux croisèrent ceux de Pellegrina.

Elle le regardait de la même façon qu'un faucon, planant paresseusement dans le ciel, observerait une souris au sol. Peut-être la fourrure véritable des oreilles et de la queue d'Édouard ainsi que les moustaches de son museau avaient-elles le souvenir d'avoir été chassées un jour, car un frisson lui parcourut le corps.

— Oui, dit Pellegrina sans détacher ses yeux d'Édouard, qui veillera sur Abeline si le lapin n'est pas là?

Ce soir-là, quand Abeline demanda, comme chaque soir, à sa grand-mère si elle allait lui raconter une histoire, celle-ci répondit :

— Oui, jeune demoiselle, ce soir, il y aura une histoire.

Abeline se dressa dans son lit.

— Je pense qu'Édouard devrait s'asseoir près de moi, dit-elle. Ainsi, il entendra l'histoire, lui aussi.

— Je pense que ce serait mieux, confirma Pellegrina. Oui, je pense que le lapin devrait écouter l'histoire.

Abeline saisit Édouard, l'installa près d'elle dans son lit et plaça les couvertures autour de lui. Puis elle annonça à Pellegrina :

— Nous sommes prêts.

— Alors… commença Pellegrina.

Elle toussa.

— Alors, reprit-elle. L'histoire débute avec une princesse.

— Une belle princesse? demanda Abeline.

— Une très belle princesse.

— Belle comment?

— Écoute bien, dit Pellegrina. Tu le sauras en écoutant l'histoire.

CHAPITRE QUATRE

— IL ÉTAIT UNE FOIS UNE PRINCESSE QUI ÉTAIT très belle. Sa beauté avait l'éclat des étoiles par une nuit sans lune. Mais quelle différence cela faisait-il qu'elle soit belle? Aucune. Aucune différence.

— Pourquoi cela ne faisait aucune différence? demanda Abeline.

— Parce que cette princesse n'aimait personne et qu'elle se moquait bien de l'amour, même si beaucoup de gens l'aimaient.

À ce moment-là, Pellegrina fit une pause dans son récit et regarda Édouard droit dans les yeux. Elle plongea son regard au plus profond de ses yeux peints et, encore une fois, Édouard sentit un frisson le traverser.

— Et alors… dit Pellegrina en fixant toujours Édouard.

— Qu'est-il arrivé à la princesse? demanda Abeline.

— Et alors, continua Pellegrina en reportant son attention sur Abeline, le roi, son père, déclara que la princesse devait se marier. Peu après, un prince d'un royaume voisin vint au château, vit la princesse et en tomba aussitôt amoureux. Il lui offrit un anneau en or pur. Il le glissa à son doigt et lui dit : « Je vous aime. » Et sais-tu ce que fit la princesse?

Abeline hocha la tête.

— Elle avala l'anneau. Elle l'ôta de son doigt et l'avala. Elle déclara : « Voilà ce que je pense de l'amour. » Et elle s'éloigna du prince en courant. Elle quitta le château et s'enfuit loin dans les bois. Et alors…

— Et alors quoi? s'empressa de demander Abeline. Qu'est-il arrivé ensuite?

— Et alors la princesse se perdit dans les bois. Elle erra pendant plusieurs jours avant d'arriver enfin à une petite cabane. Elle cogna à la porte et dit : « Laissez-moi entrer. J'ai froid. »

Personne ne répondit.

Elle cogna encore et dit : « Laissez-moi entrer. J'ai faim. »

Une voix terrible lui répondit : « Entre, si tu oses. »

La belle princesse entra et vit une sorcière assise à une table, en train de compter des pièces d'or.

« Trois mille six cent vingt-deux », dit la sorcière.

« Je suis perdue », dit la belle princesse.

« Et alors? dit la sorcière. Trois mille six cent vingt-trois. »

« J'ai faim », dit la princesse.

« Pas de mes affaires, dit la sorcière. Trois mille six cent vingt-quatre. »

« Mais je suis une belle princesse », insista la princesse.

« Trois mille six cent vingt-cinq », répondit la sorcière.

« Mon père est un roi puissant, clama la princesse. Vous devez m'aider, sans quoi, il y aura des conséquences. »

« Des conséquences? » répéta la sorcière. Elle leva les yeux de son or. Elle fixa la princesse.

« Tu oses me parler de conséquences? Très bien, dans ce cas, nous parlerons de conséquences : dis-moi le nom de celui que tu aimes. »

« Celui que j'aime! lança la princesse en tapant du pied. Pourquoi faut-il toujours qu'on me parle d'amour? »

« Qui est ton amoureux? répéta la sorcière. Dis-moi son nom. »

« Je n'aime personne », déclara la princesse avec fierté.

« Tu me déçois », dit la sorcière. Elle leva la main et prononça un mot : *Fanfarloucherie*. La princesse fut aussitôt changée en phacochère.

« Que m'avez-vous fait? » s'écria la princesse.

« Tu voulais me parler de conséquences, je crois? » répondit la sorcière en se remettant à compter ses pièces d'or.

« Trois mille six cent vingt-six », dit-elle pendant que la princesse-phacochère s'enfuyait de la cabane pour retourner dans la forêt.

Les hommes du roi aussi étaient dans la forêt. Et que cherchaient-ils? Une belle princesse. Alors quand ils virent un affreux phacochère, ils tirèrent immédiatement sur lui. Pan!

— Non, dit Abeline.

« Parce que cette princesse n'aimait personne et qu'elle se moquait bien de l'amour, même si beaucoup de gens l'aimaient. »

— Si, dit Pellegrina. Les hommes rapportèrent le phacochère au château, la cuisinière lui ouvrit le ventre et y trouva un anneau en or pur. Il y avait plusieurs personnes affamées au château ce soir-là, et toutes attendaient d'être servies. Alors la cuisinière passa l'anneau à son doigt et finit de dépecer le phacochère. Et pendant qu'elle s'affairait, l'anneau que la belle princesse avait avalé brillait à son doigt. Fin.

— Fin? répéta Abeline d'un air indigné.

— Oui, dit Pellegrina. Fin.

— Mais, c'est impossible.

— Pourquoi serait-ce impossible?

— Parce que ça s'est passé trop vite. Parce que personne ne vit heureux jusqu'à la fin des temps. Voilà pourquoi!

— Ah bon, dit Pellegrina.

Elle hocha la tête et garda le silence pendant un moment, puis elle ajouta :

— Dans ce cas, dis-moi : comment une histoire qui ne parle pas d'amour peut-elle avoir une fin heureuse? Hum… bien. Il est tard. Tu dois dormir maintenant.

Pellegrina retira Édouard du lit d'Abeline. Elle le coucha dans son lit et remonta les draps jusqu'à ses moustaches. Puis elle se pencha vers lui, tout près, et murmura :

— Tu me déçois.

La vieille dame quitta la pièce, laissant Édouard couché dans son petit lit, les yeux tournés vers le plafond. Il songea à l'histoire. À son avis, elle ne rimait à rien. Comme la plupart des histoires, d'ailleurs. Il pensa à la princesse et à sa transformation en phacochère. Comme c'était horrible! Comme c'était grotesque! Quel destin épouvantable!

— Édouard, dit Abeline. Je t'aime. Et même si je deviens vieille un jour, je t'aimerai encore.

« Oui, oui », se dit Édouard avec indifférence.

Il continua de fixer le plafond. Pour une raison qu'il ignorait, il se sentait agité. Il regretta que Pellegrina ne l'eût pas placé sur le côté, de manière qu'il puisse regarder les étoiles.

Il se souvint alors de la façon dont Pellegrina avait décrit la belle princesse : « Sa beauté avait l'éclat des étoiles par une nuit sans lune. » Curieusement, Édouard trouva du réconfort dans ces mots et il se les répéta encore et encore — *l'éclat des étoiles par une nuit sans lune, l'éclat des étoiles par une nuit sans lune* — jusqu'à ce que paraissent enfin les premières lueurs de l'aube.

CHAPITRE CINQ

LA MAISON DE LA RUE D'ÉGYPTE GROUILLAIT d'activité, car les membres de la famille Toulaine se préparaient à partir pour l'Angleterre. Édouard possédait une petite malle qu'Abeline remplit pour lui, y plaçant ses plus beaux costumes, plusieurs de ses chapeaux les plus chics et trois paires de chaussures, soit tout ce qu'il fallait pour faire bonne impression à Londres. Elle prenait soin de lui montrer chaque ensemble avant de le déposer dans la malle.

— Que penses-tu de cette chemise avec cet habit? lui demandait-elle.

Ou encore :

— Aimerais-tu porter ton chapeau melon noir? Il te va à ravir. Devrions-nous le mettre dans la malle?

Enfin, par un beau samedi matin du mois de mai, Édouard,

Abeline et M. et Mme Toulaine montèrent à bord du paquebot et allèrent prendre place près du bastingage. Pellegrina était sur le quai. Elle portait un chapeau souple garni d'une guirlande de fleurs. Elle fixait Édouard. Ses yeux noirs scintillaient.

— Au revoir! cria Abeline à sa grand-mère. Je t'aime!

Le navire s'éloigna du quai. Pellegrina fit un signe de la main à Abeline.

— Au revoir, jeune demoiselle, répondit-elle. Au revoir!

Édouard sentit quelque chose de mouillé dans ses oreilles. Il supposa que c'étaient les larmes d'Abeline. Il aurait préféré qu'elle ne le serre pas aussi fort. Ses vêtements finissaient par se froisser à force d'être comprimés ainsi. Puis toutes les personnes restées à terre disparurent au loin, Pellegrina y compris. Pour sa part, Édouard fut soulagé de ne plus la voir.

Comme on pouvait s'y attendre, Édouard Toulaine suscita beaucoup d'intérêt à bord.

— Quel lapin exceptionnel! s'exclama une dame assez âgée qui portait trois rangs de perles autour du cou. Elle se pencha pour mieux examiner Édouard.

— Merci, dit Abeline.

Plusieurs fillettes lancèrent vers Édouard de longs regards remplis de convoitise. Elles demandèrent à Abeline si elles pouvaient le prendre dans leurs bras un instant.

— Non, répondit Abeline, mon lapin n'aime pas se retrouver dans des bras étrangers.

Deux jeunes garçons, des frères prénommés Martin et Amos, manifestèrent un intérêt particulier pour Édouard.

Le deuxième jour du voyage, Martin interrogea Abeline :

— Que peut-il faire?

Et il désigna Édouard qui était assis sur un transat, ses deux grandes jambes étendues devant lui.

— Il ne peut rien faire, répondit Abeline.

— Est-ce qu'il a une clé pour qu'on le remonte? demanda à son tour Amos.

— Non, répondit Abeline, on ne peut pas le remonter.

— Quel est l'intérêt d'avoir un tel lapin, alors? demanda Martin.

— L'intérêt, c'est qu'il n'est pas n'importe quel lapin,

répondit Abeline. Il est Édouard.

— Ça n'a pas grand intérêt, commenta Amos.

— Pas d'intérêt du tout, renchérit Martin.

Puis, après avoir réfléchi un long moment, il ajouta :

— Je ne laisserais personne m'habiller comme ça.

— Moi non plus, dit Amos.

— Est-ce que ses vêtements s'enlèvent? demanda Martin.

— Bien sûr, répondit Abeline. Il possède plusieurs ensembles différents. Et il a son propre pyjama. Taillé dans de la soie.

Fidèle à son habitude, Édouard ne suivait pas la conversation qui se déroulait près de lui. L'écharpe de soie, qui était enroulée autour de son cou, se souleva sous l'effet de la brise venant de la mer et ondoya derrière lui. Il portait un canotier sur la tête. Il se dit que les gens devaient le trouver très élégant.

Ce fut donc une surprise totale pour lui d'être soudainement enlevé du transat et dépossédé tour à tour de son écharpe, de sa veste et de son pantalon. Il vit sa montre de poche tomber sur le pont du bateau et rouler allègrement jusqu'aux pieds d'Abeline.

— Regarde, s'exclama Martin. Il a même des sous-vêtements.

Et il leva Édouard en l'air pour qu'Amos puisse les voir.

— Ôte-les-lui! lança Amos.

— NON!!!! cria Abeline.

Martin retira les sous-vêtements d'Édouard.

Subitement, Édouard fut très attentif à ce qui se passait. En fait, il était mort de honte. Mis à part le chapeau sur sa tête, il était complètement nu, et les autres passagers le dévisageaient, lançant des regards curieux et embarrassés dans sa direction.

— Donne-le-moi, cria Abeline. Il est à moi.

— Non, cria Amos à Martin, donne-le-moi.

Il battit des mains, puis les ouvrit toutes grandes en disant :

— Lance-le-moi!

— Je t'en prie, supplia Abeline. Ne le lance pas. Il est en porcelaine. Il va se briser.

Martin lança Édouard.

Et Édouard traversa l'air, tout nu. L'instant d'avant, le lapin avait pensé que se retrouver nu devant une foule d'étrangers était la pire chose qui pouvait lui arriver. Il comprit qu'il s'était trompé. C'était encore bien pire d'être lancé – toujours dans le même état de nudité – d'un garçon malpropre et ricaneur à un autre.

Amos attrapa Édouard et le tint bien haut, paradant avec un air triomphant.

— Relance-le-moi, cria Martin.

Amos tendit le bras, mais, au moment même où il s'apprêtait à lancer Édouard, il fut bousculé par Abeline qui avait foncé tête première dans son estomac, ce qui fit dévier le tir du garçon.

Et c'est ainsi qu'Édouard ne retourna pas entre les mains crasseuses de Martin.

Au lieu de cela, il passa par-dessus bord.

CHAPITRE SIX

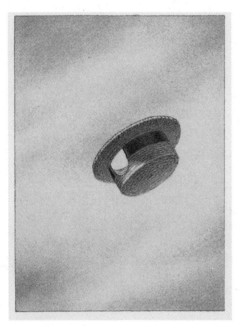

« COMMENT MEURT UN LAPIN DE PORCELAINE? »

« Un lapin de porcelaine peut-il se noyer? »

« Mon chapeau est-il toujours sur ma tête? »

Telles furent les questions qu'Édouard se posa pendant qu'il effectuait un vol plané vers la mer toute bleue. Le soleil était haut dans le ciel. Édouard entendit un cri qui lui parut venir de très, très loin. C'était Abeline qui l'appelait.

— Édouaaaard! criait-elle. Reviens!

« Reviens? Quelle chose ridicule à crier! » songea Édouard.

Pendant sa chute libre, cul par-dessus tête, il parvint à jeter un dernier coup d'œil en direction d'Abeline. Elle était debout sur le pont du navire, se tenant d'une main au bastingage. Dans son autre main, elle tenait une lampe; non, une balle de feu; non, comprit Édouard : Abeline tenait sa montre de poche en or. Elle la tenait à bout de bras, et la montre réfléchissait la lumière du soleil.

« Ma montre de poche, songea-t-il. J'en ai besoin. »

Puis, Abeline disparut de sa vue et le lapin heurta les flots avec une telle force qu'il en perdit son chapeau.

« Voilà qui règle le problème », se dit Édouard en regardant le chapeau s'éloigner au gré du vent.

Puis il commença à couler.

Il coula, coula, coula. Il garda les yeux ouverts tout le temps. Non pas parce qu'il était brave, mais parce qu'il n'avait pas le choix. Ses yeux peints virent le bleu de l'eau se changer progressivement en vert, puis redevenir bleu. Enfin, ils virent l'eau devenir aussi noire que la nuit.

Édouard tomba toujours plus profond. Il se dit que, s'il avait dû se noyer, cela se serait sûrement déjà produit.

Bien loin au-dessus de lui, le paquebot poursuivait sa route comme si de rien n'était, avec Abeline à son bord. Le lapin de porcelaine toucha finalement le fond de l'océan, face contre terre.

IL COULA, COULA, COULA.

Et c'est là, la tête enfoncée dans la vase, qu'il connut sa première véritable émotion.

Édouard Toulaine avait peur.

CHAPITRE SEPT

Il SE DIT QU'ABELINE PARTIRAIT SÛREMENT À SA
recherche et le retrouverait.

« En fait, c'est un peu comme attendre qu'Abeline rentre de
l'école, songea Édouard. Je vais m'imaginer que je suis dans la salle
à manger de la maison de la rue d'Égypte, à attendre que la petite
aiguille soit sur le trois et la grande sur le douze. Si seulement
j'avais ma montre, je saurais avec certitude quand le moment serait
venu. Mais peu importe. Elle sera là bientôt, très bientôt. »

Les heures passèrent. Puis les jours. Et les semaines. Et les
mois.

Abeline ne vint pas.

N'ayant rien de mieux à faire, Édouard se mit à penser. Il

pensa aux étoiles. Il se les rappela, quand il les voyait par la fenêtre de sa chambre.

« Qu'est-ce qui les fait briller autant? se demanda-t-il. Brillent-elles encore quelque part, même si je ne peux pas les voir? De toute ma vie, je ne me suis jamais trouvé aussi loin des étoiles que maintenant. »

Il songea aussi à la belle princesse transformée en phacochère.

« Pourquoi est-elle devenue un phacochère? Parce que la vilaine sorcière l'a changée en phacochère, voilà tout. »

Puis le lapin pensa à Pellegrina. Il eut le sentiment qu'elle était responsable de ce qu'il lui était arrivé, sans toutefois pouvoir s'expliquer comment. C'était presque comme si elle l'avait lancé par-dessus bord, et non les deux garçons.

Elle était comme la sorcière de l'histoire. Non, elle était la sorcière de l'histoire. Soit, elle ne l'avait pas transformé en phacochère, mais elle l'avait tout de même puni, même s'il ne savait pas pourquoi au juste.

Au deux cent quatre-vingt-dix-septième jour de l'épreuve d'Édouard, une tempête éclata. Elle était d'une telle intensité qu'elle souleva Édouard du fond de l'océan et l'entraîna dans une danse folle, sauvage et tourbillonnante. Les flots le secouèrent en tous sens, le soulevèrent vers le haut et le tirèrent vers le bas.

« À l'aide! » se dit Édouard.

Dans sa férocité, la tempête finit par le projeter littéralement hors de l'eau; alors, l'espace d'un instant, le lapin entrevit la lumière d'un ciel meurtri et en colère, et il sentit le vent s'engouffrer dans ses oreilles. Il eut l'impression d'entendre le rire de Pellegrina. Mais avant qu'il ait le temps d'apprécier la sensation d'être hors de l'eau, il fut tiré vers les profondeurs de la mer. Il fut ballotté de haut en bas et d'avant en arrière, jusqu'à ce que la tempête s'épuise d'elle-même et qu'Édouard comprenne qu'il amorçait, encore une fois, la lente descente vers le fond de l'océan.

« Oh, non! Aidez-moi! se lamenta-t-il. Je ne veux pas retourner là-bas. Aidez-moi! »

Mais il continua à tomber. Toujours plus bas, plus bas, plus bas.

Soudain, un grand, un immense filet de pêche se tendit et attrapa le lapin dans ses mailles. Le filet le souleva plus haut et plus haut encore, puis une explosion de lumière quasi insoutenable se produisit et Édouard se retrouva de nouveau à l'air libre, étendu sur le pont d'un bateau et entouré de poissons.

— Hé! c'est quoi, ça? dit une voix.

— Pas du poisson en tout cas, répondit une autre voix. Ça, c'est sûr.

La lumière était si éblouissante qu'Édouard avait peine à voir. Mais peu à peu, des silhouettes s'en détachèrent, puis des visages. Et Édouard comprit qu'il y avait deux hommes penchés au-dessus de lui, un jeune et un vieux.

— On dirait un genre de jouet, dit le vieil homme à la tête grisonnante.

Il se pencha, ramassa Édouard, le tint par les deux pattes de devant et l'examina.

— Ça m'a tout l'air d'être un lapin. Il a des moustaches. Et des oreilles de lapin, ou du moins, quelque chose qui y ressemble.

— Ouais, c'est ça, un lapin, confirma le jeune homme en se détournant.

— Je vais l'apporter à la maison, pour Nellie. Elle va le nettoyer et le remettre en état. Puis elle le donnera à un enfant.

Le vieil homme installa Édouard sur un cageot en prenant soin de l'asseoir bien droit pour qu'il puisse regarder la mer. Édouard apprécia la courtoisie de ce simple geste, mais il était si profondément dégoûté de l'océan qu'il aurait été heureux de ne plus jamais avoir à poser les yeux sur lui.

— Et voilà, dit le vieil homme.

Alors qu'ils faisaient route vers le rivage, Édouard sentait le soleil sur sa figure et le vent balayer la toute petite touffe de fourrure qui subsistait encore sur ses oreilles, et quelque chose emplit sa poitrine, une émotion qui le fit se sentir merveilleusement bien.

Il était heureux d'être en vie.

— Regarde-moi ce joujou, lança le vieil homme. M'a tout l'air d'apprécier la promenade, pas vrai?

— Ouais, répondit le jeune homme.

En fait, Édouard Toulaine était si content d'être de retour

parmi les vivants qu'il ne s'offusqua même pas qu'on ose le traiter de « joujou ».

Chapitre Huit

UNE FOIS À TERRE, LE VIEUX PÊCHEUR S'ARRÊTA pour allumer sa pipe, la coinça entre ses dents, puis se mit en route vers sa maison, transportant Édouard sur son épaule gauche comme s'il eut été un héros victorieux. Le pêcheur mit sa main calleuse sur le dos d'Édouard pour le tenir en équilibre. Tout en marchant, il lui fit la conversation de sa voix douce et grave.

— Tu vas aimer Nellie, c'est garanti, dit le vieil homme. Elle a eu sa part de chagrin, mais c'est une bonne fille.

Édouard regarda la petite ville enveloppée par la nuit tombante : un paquet de bâtiments pêle-mêle, blottis les uns contre les autres, et que l'océan bordait d'un côté. Et il se dit qu'il aimerait n'importe qui et n'importe quoi, pourvu que ce ne soit pas au fond de l'océan.

— Hé! Laurence, lança une femme qui se tenait devant une boutique. Qu'est-ce que c'est que ça?

— Ma dernière prise, répondit le pêcheur. Du lapin frais, tout droit sorti de la mer.

Il salua la dame en soulevant son chapeau et poursuivit sa route.

— Regarde bien, à présent, dit le pêcheur.

Il saisit sa pipe et se servit de l'embout pour montrer une étoile qui se détachait du ciel empourpré.

— C'est l'étoile Polaire que tu vois là. Tu ne seras jamais perdu si tu sais où elle se trouve.

Édouard observa l'étoile, petite, mais si brillante.

« Ont-elles toutes un nom? » se demanda-t-il.

— Écoute-moi ça, dit le pêcheur. Voilà que je parle aux jouets maintenant. Enfin… Nous y sommes.

Édouard toujours juché sur son épaule, le pêcheur gravit un chemin dallé qui menait à une petite maison verte.

— Viens voir, Nellie, lança-t-il. Je t'ai apporté quelque chose que j'ai trouvé dans la mer.

— Je ne veux rien savoir de ce qui sort de la mer, répondit une voix.

— Voyons, Nell, ne dis pas ça. Viens voir, plutôt.

Une vieille femme sortit de la cuisine en s'essuyant les mains sur son tablier. Quand elle aperçut Édouard, elle lâcha le tablier et battit des mains en s'exclamant :

— Oh, Laurence! Tu m'as apporté un lapin!

— Tout droit sorti de la mer, dit Laurence.

Il descendit Édouard de son épaule, le posa par terre en le tenant debout par les pattes de devant, et lui fit faire une galante révérence à Nellie.

— Oh, donne! supplia Nellie en battant encore des mains.

Laurence lui tendit Édouard.

Nellie tint le lapin devant elle et l'examina de la tête aux pieds. Elle sourit.

— As-tu déjà vu quelque chose d'aussi joli? dit-elle.

Édouard sentit aussitôt que Nellie était une femme pleine de discernement.

— Elle est magnifique, murmura Nellie.

Tout à coup, Édouard fut perplexe. Y avait-il un autre objet de toute beauté dans la pièce?

— Comment vais-je l'appeler?

— Susanna? suggéra Laurence.

— Parfait, approuva Nellie. Susanna.

Elle plongea son regard dans celui d'Édouard et ajouta :

— Tout d'abord, Susanna a besoin de vêtements, pas vrai?

« ELLE EST MAGNIFIQUE », MURMURA NELLIE.

CHAPITRE NEUF

C'EST AINSI QU'ÉDOUARD TOULAINE DEVINT
Susanna. Nellie lui fabriqua plusieurs vêtements : une robe rose à froufrous pour les grandes occasions, une robe de tous les jours taillée dans un tissu à fleurs et une longue chemise de nuit de coton blanc pour dormir. En plus, elle débarrassa ses oreilles des quelques morceaux de fourrure qui y étaient encore accrochés et lui en fabriqua une nouvelle paire.

— Oh! tu es ravissante! s'exclama-t-elle en admirant le résultat.

Au début, Édouard fut scandalisé. Il était un lapin mâle, après tout. Il ne voulait pas être habillé en fille. Et puis, les vêtements — même la robe pour les grandes occasions — étaient d'une confection si simple, si ordinaire. Ils n'avaient pas l'élégance ni le raffinement de ses vrais vêtements. Mais alors, Édouard se souvint du temps où il gisait au fond de l'océan, la figure dans la vase, si loin des étoiles, et il se dit :

« Après tout, quelle différence cela fait-il? Porter une robe ne me fera pas mourir. »

De plus, la vie était agréable dans la petite maison verte du pêcheur et de sa femme. Nellie adorait faire de la pâtisserie, alors elle passait tout son temps à la cuisine. D'abord, elle installait Édouard sur le comptoir, l'adossait contre le contenant de farine et arrangeait sa robe sur ses genoux. Ensuite, elle pliait ses oreilles pour qu'il entende bien.

Puis elle se mettait au travail. Elle pétrissait la pâte à pain, roulait la pâte à tarte et façonnait le mélange à biscuits. Bientôt, la cuisine s'emplissait de la bonne odeur du pain qui cuit et des doux parfums de la cannelle, du sucre et du clou de girofle. Les vitres s'embuaient. Et tout le temps qu'elle travaillait, Nellie parlait.

Elle parlait à Édouard de ses enfants, de sa fille Lolly, qui était secrétaire, et de ses fils : Ralph qui servait dans l'armée et

Raymond qui était mort d'une pneumonie alors qu'il n'avait que cinq ans.

— C'est comme s'il s'était noyé dans son propre corps, expliqua Nellie. C'est une chose horrible, terrible, c'est la pire des choses que de voir quelqu'un qu'on aime mourir sous nos yeux et de ne pouvoir rien faire pour l'aider. Je rêve de lui presque chaque nuit.

Nellie essuya ses larmes du revers de la main. Elle sourit à Édouard.

— Tu dois penser que je suis folle de parler à un jouet. Mais tu sais, Susanna, j'ai vraiment l'impression que tu m'écoutes.

Et Édouard fut surpris de constater qu'il écoutait. Auparavant, quand Abeline lui parlait, ses paroles lui semblaient ennuyeuses et sans intérêt. Mais à présent, il trouvait que les histoires de Nellie étaient la chose la plus importante du monde, et il les écoutait comme si son sort en dépendait. Il en vint à se demander si la vase du fond de l'océan n'avait pas pénétré sa tête de porcelaine et ne l'avait pas abîmée d'une quelconque façon.

Le soir, quand Laurence rentrait à la maison après sa journée en mer, c'était le souper. Édouard prenait place à table, avec le pêcheur et sa femme. On l'assoyait dans une vieille chaise haute en bois. Au début, il avait été vexé (après tout, une chaise haute, c'était fait pour les bébés, pas pour les lapins élégants), mais il s'y était habitué rapidement. Il aimait être assis en hauteur et profiter de la belle vue sur la table. C'était bien mieux que de fixer la nappe, comme il le faisait lorsqu'il habitait chez les Toulaine. Il aimait sentir qu'il avait sa place dans la petite maison verte.

Chaque soir après le souper, Laurence expliquait qu'il avait bien envie de prendre un peu l'air et que, peut-être, Susanna aimerait l'accompagner. Il installait Édouard sur son épaule, comme il l'avait fait le premier soir en traversant la ville pour le rapporter chez lui et l'offrir à Nellie.

Alors ils sortaient, et Laurence allumait sa pipe en tenant Édouard sur son épaule. Si la nuit était claire, Laurence désignait du bout de sa pipe les différentes constellations — Andromède, Pégase — en les appelant chacune par leur nom. Édouard aimait contempler les étoiles et adorait la musique de leurs noms. C'était un son doux à ses oreilles.

Parfois, cependant, il arrivait à Édouard, alors qu'il admirait le ciel nocturne, de se souvenir de Pellegrina, de revoir ses yeux sombres et brillants, et de sentir un frisson lui parcourir tout le corps.

« Phacochères. Sorcières. » Ces mots hantaient son esprit.

Heureusement, chaque soir avant de le mettre au lit, Nellie lui chantait une berceuse, une chanson à propos d'un oiseau moqueur qui ne chantait pas et d'une bague en diamant qui ne brillait pas, et le son de la voix de Nellie apaisait le lapin et lui faisait oublier Pellegrina.

Pendant très longtemps, la vie fut agréable.

Puis Laurence et Nellie reçurent la visite de leur fille.

Chapitre Dix

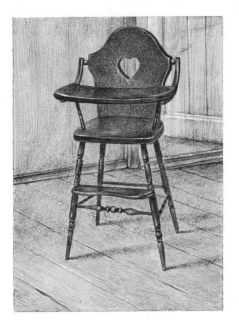

LOLLY ÉTAIT UNE FEMME LOURDAUDE QUI parlait trop fort et qui mettait trop de rouge à lèvres. Elle entra dans la maison et vit aussitôt Édouard, assis sur le canapé du salon.

— C'est quoi ça? demanda-t-elle.

Elle déposa sa valise et saisit Édouard par un pied. Elle le souleva ainsi, la tête en bas.

— C'est Susanna, répondit Nellie.

— Susanna! s'écria Lolly en secouant Édouard.

La robe du lapin lui tombait sur les yeux et il ne pouvait rien voir. Mais déjà, il éprouvait une haine profonde et tenace pour Lolly.

— Ton père l'a trouvée, expliqua Nellie. Elle était prise dans le filet et était complètement nue, alors je lui ai fait quelques robes.

— Tu es ridicule! cria Lolly. Les lapins n'ont pas besoin de vêtements.

— Eh bien, dit Nellie d'une voix tremblotante, celui-ci, oui.

Lolly lança Édouard sur le canapé. Il atterrit la figure dans les coussins, les bras levés et la robe lui tombant encore sur les yeux, et il resta ainsi pendant tout le souper.

— Pourquoi avez-vous ressorti cette vieille chaise haute? demanda Lolly d'une voix forte.

— Oh, ce n'est rien, répondit Nellie. Ton père vient simplement de lui recoller un morceau qui manquait, pas vrai, Laurence?

— Exact, dit Laurence sans lever les yeux de son assiette.

Bien sûr, ce soir-là, Édouard n'alla pas dehors prendre l'air, sous les étoiles, avec Laurence et sa pipe. Et, pour la première fois depuis qu'il vivait avec eux, Nellie ne lui chanta pas de berceuse. À vrai dire, Édouard fut complètement ignoré et oublié jusqu'au lendemain matin, lorsque Lolly le saisit une nouvelle fois, rabattit sa robe et le regarda droit dans les yeux.

— Tu as ensorcelé les vieux, c'est ça? dit Lolly. J'ai entendu la rumeur en ville. Y paraît que les vieux te traitent comme si tu étais un enfant.

Édouard fixa Lolly à son tour. Son rouge à lèvres était d'un rouge sang très brillant. Il sentit un courant d'air froid traverser la pièce.

Une porte était-elle restée ouverte?

— Ben moi, tu m'auras pas, continua-t-elle en le secouant. On va faire une p'tite promenade ensemble, toi et moi.

En tenant Édouard par les oreilles, elle se dirigea vers la cuisine et lança le lapin tête première dans la poubelle.

— M'man! cria-t-elle. Je prends le camion. Je vais me promener et faire quelques courses.

— Oh, c'est très bien, ma chérie, répondit la voix tremblotante de Nellie. Au revoir, alors.

« Au revoir », pensa Édouard pendant que Lolly chargeait la poubelle dans le camion.

— Au revoir, répéta Nellie d'une voix plus forte cette fois.

Édouard sentit une douleur aiguë quelque part au plus profond de sa poitrine de porcelaine.

Pour la première fois de sa vie, son cœur s'adressait à lui.

Il lui murmura deux mots : « Nellie. Laurence. »

CHAPITRE ONZE

ÉDOUARD SE RETROUVA À LA DÉCHARGE. IL gisait parmi les pelures d'orange, le marc de café, le bacon rance et les vieux pneus. La première nuit, comme il se trouvait sur le dessus du tas d'ordures, il put contempler les étoiles et trouver un peu de réconfort dans leur lumière.

Le lendemain matin, un homme de petite taille vint se balader parmi les déchets et les décombres. Il escalada le plus gros tas et s'arrêta au sommet. Puis il mit ses mains sous ses aisselles et battit des coudes.

L'homme cria très fort à la manière d'un coq. Il clama :

— Qui suis-je? Je suis Ernest, le roi du monde. Comment ça, roi du monde? Parce que je suis le roi des ordures. Et le monde est fait d'ordures. Ha! ha! ha! ha! Voilà pourquoi je suis Ernest, c'est moi le roi du monde.

Et il poussa un autre *cocorico!*

Édouard était plutôt enclin à penser comme Ernest : le monde était fait d'ordures, surtout après sa deuxième journée passée à la décharge, alors qu'un chargement de déchets avait été déversé directement sur lui. Il gisait là, enterré vivant. Il ne pouvait plus voir le ciel. Il ne pouvait plus voir les étoiles. Il ne pouvait plus rien voir.

Ce qui encouragea Édouard, ce qui lui redonna espoir, ce fut de réfléchir au moyen de retrouver Lolly et de se venger d'elle. Il la saisirait par ses oreilles à *elle!* Il l'enterrerait, *elle*, sous une montagne d'ordures!

Mais quand près de quarante jours et autant de nuits eurent passé, le poids et l'odeur des ordures au-dessus et au-dessous de lui firent taire les pensées d'Édouard, et il cessa bientôt de rêver à sa vengeance pour se laisser aller au désespoir. C'était pire, bien pire, que de reposer au fond de la mer. C'était pire parce qu'Édouard n'était plus le même lapin à présent. Il ne pouvait pas expliquer en quoi il était différent, mais il savait qu'il l'était, tout simplement. Il songea une fois de plus à l'histoire de Pellegrina à propos de la princesse qui n'aimait personne. C'était parce qu'elle n'aimait personne que la sorcière l'avait changée en phacochère. Il avait compris cela à présent.

Il entendit Pellegrina lui dire : « Tu me déçois. »

« Pourquoi? lui demanda-t-il. Pourquoi est-ce que je te déçois? »

Mais il connaissait aussi la réponse à cette question. C'était parce qu'il n'avait pas aimé Abeline suffisamment. Et maintenant, elle n'était plus là. Et il ne pourrait jamais arranger les choses. Et Nellie et Laurence n'étaient plus là, eux non plus. Il s'ennuyait terriblement d'eux. Il voulait être avec eux.

Le lapin se demanda si c'était cela, l'amour.

Les jours passèrent, les uns après les autres, et Édouard sut que le temps passait parce que chaque matin, à l'aube, il entendait Ernest exécuter son petit rituel, caquetant et poussant ses cocoricos, et clamant être le roi du monde.

À son cent quatre-vingtième jour à la décharge, Édouard fut

sauvé de la manière la plus inattendue. Autour de lui, les ordures se mirent à bouger, et le lapin entendit les reniflements et les halètements d'un chien. Puis, le bruit frénétique d'un creusement. Les ordures bougèrent encore, et soudainement, comme par miracle, la magnifique lumière jaune pâle de fin d'après-midi éclaira la figure d'Édouard.

CHAPITRE DOUZE

ÉDOUARD N'EUT PAS LE TEMPS D'ADMIRER LA lumière du jour, car un chien au poil foncé et touffu lui bloqua la vue en apparaissant subitement au-dessus de lui. Édouard fut tiré des ordures par les oreilles, lâché, puis repris, cette fois par le milieu du corps, et secoué d'avant en arrière avec beaucoup de férocité.

Le petit chien poussa un grognement qui venait du fin fond de sa gorge, puis il relâcha Édouard pour l'examiner. Édouard le regarda aussi.

— Hé! le chien! Va-t'en d'ici!

C'était Ernest, le roi des ordures et donc, le roi du monde. Le chien saisit Édouard par sa robe rose et s'enfuit en courant.

— C'est à moi! C'est à moi! Toutes ces ordures sont à moi! cria Ernest. Reviens ici!

Mais le petit chien poursuivit sa course.

Le soleil brillait et Édouard était fou de joie. Qui, de ceux qui l'avaient connu auparavant, aurait pu croire qu'il puisse être heureux en ce moment, alors qu'il était recouvert d'une croûte de saleté, qu'il portait une robe, qu'il se trouvait dans la gueule toute baveuse d'un chien et qu'il était pourchassé par un homme cinglé?

Pourtant, Édouard était heureux.

Le chien courut et courut jusqu'à ce qu'il atteigne une voie ferrée. Il traversa les rails et là, sous un arbre maigrichon entouré de buissons, il laissa tomber Édouard devant une paire de grands pieds.

Puis il se mit à japper.

Édouard leva les yeux et vit que les pieds appartenaient à un véritable colosse au visage garni d'une longue barbe noire.

— Que m'as-tu apporté, Lucie? demanda l'homme.

Il se pencha et ramassa Édouard. Il le tint par le corps avec fermeté.

— Lucie, dit l'homme, je sais à quel point tu raffoles du pâté de lapin.

Lucie aboya.

— Oui, oui, je sais. Le pâté de lapin est un vrai délice, un des grands plaisirs de notre vie.

Lucie laissa échapper un petit cri plein d'espoir.

— Et ce que nous avons ici, ce que tu m'as si gentiment apporté, est sans contredit un lapin, mais même le meilleur chef du monde aurait de la difficulté à en faire un pâté.

Lucie grogna.

— Ce lapin est en porcelaine, fifille.

L'homme approcha Édouard de son visage. Tous deux se regardèrent dans les yeux.

— Tu es en porcelaine, pas vrai, Malone? dit-il en secouant Édouard comme pour jouer. Tu es le jouet d'un enfant, n'est-ce pas? Et, j'ignore comment, mais tu as été séparé de l'enfant qui t'aimait.

Une fois de plus, Édouard sentit une douleur aiguë dans sa poitrine. Il songea à Abeline. Il revit l'allée qui menait à la demeure de la rue d'Égypte. Il vit l'obscurité tomber et Abeline courir vers lui.

Oui, Abeline l'avait aimé.

— Alors, Malone, dit l'homme en s'éclaircissant la voix. Tu es perdu. C'est ce que je pense. Lucie et moi, nous sommes perdus, nous aussi.

Lucie laissa échapper un autre petit cri en entendant son nom.

— Peut-être bien, poursuivit-il, que tu aimerais être perdu avec nous? Tu sais, j'ai découvert qu'il était bien plus agréable d'être perdu en compagnie d'autres personnes. Je m'appelle Bull. Comme tu l'as sûrement deviné, Lucie est mon chien. Ça te dirait de te joindre à nous?

Bull attendit un moment et fixa Édouard. Puis, en le tenant toujours fermement par la taille, l'homme allongea l'un de ses doigts énormes derrière la tête du lapin. Il poussa dessus comme si Édouard approuvait de la tête.

— Regarde, Lucie. Il est d'accord, dit Bull. Malone est d'accord pour voyager avec nous. N'est-ce pas formidable?

Lucie se mit à danser autour des pieds de Bull en agitant sa queue et en jappant.

Et c'est ainsi qu'Édouard s'en fut sur les routes, en compagnie d'un vagabond et de son chien.

CHAPITRE TREIZE

ILS SE DÉPLAÇAIENT À PIED. ILS SE DÉPLAÇAIENT
dans des wagons déserts. Ils se déplaçaient constamment.

— Mais en vérité, déclara Bull, nous n'allons nulle part. Ça,
mon cher ami, c'est l'ironie de nos déplacements perpétuels.

Édouard voyageait roulé dans la paillasse de Bull, que celui-ci
transportait sur son épaule. Seules sa tête et ses oreilles en
dépassaient. Bull faisait toujours attention de bien installer le
lapin, afin qu'il ne regarde ni vers le bas ni vers le haut, mais plutôt
droit derrière lui, les yeux posés sur la route qu'ils venaient de
parcourir.

Le soir venu, ils dormaient par terre, à la belle étoile. Après
avoir surpassé sa déception de savoir Édouard impropre à la
consommation, Lucie se prit d'affection pour le lapin, et elle se
mit à dormir pelotonnée contre lui. Il lui arrivait même de poser
son museau sur son ventre de porcelaine, et alors, tous les bruits

qu'elle faisait dans son sommeil – les petits cris plaintifs, les grognements, les halètements – résonnaient dans le corps d'Édouard. À son grand étonnement, il commença à ressentir une tendresse immense pour le chien.

La nuit, pendant que Bull et Lucie dormaient, Édouard contemplait les constellations de ses yeux peints toujours ouverts. Il les nommait, puis il énumérait les noms des personnes qui l'avaient aimé. Il commençait par Abeline, puis il poursuivait avec Nellie et Laurence, puis avec Bull et Lucie, puis il terminait avec Abeline à nouveau : Abeline, Nellie, Laurence, Bull, Lucie, Abeline.

« Tu vois? disait-il à Pellegrina. Je ne suis pas comme la princesse. Je sais ce qu'est l'amour. »

Parfois, Bull et Lucie se rassemblaient autour d'un feu de camp en compagnie d'autres vagabonds. Bull était un bon conteur et un excellent chanteur.

— Chante pour nous, Bull, réclamaient les hommes.

Alors Bull s'assoyait et, avec Lucie appuyée contre sa jambe et Édouard en équilibre sur son genou droit, il chantait, et cela venait

ÉDOUARD ADORAIT QUAND BULL CHANTAIT.

du plus profond de son être. De la même manière qu'il pouvait sentir les plaintes et les grognements de Lucie résonner dans son corps la nuit, Édouard sentait le son triste et profond des chansons de Bull le traverser de part en part. Édouard adorait quand Bull chantait.

Il fut aussi reconnaissant à Bull d'avoir compris qu'une robe n'était pas le genre de vêtement qui lui convenait.

— Malone, dit-il un soir, ce n'est pas mon intention de te vexer ou de faire un commentaire désobligeant sur tes choix vestimentaires, mais je dois te dire que tu détonnes dans cette robe de princesse. Et puis, encore une fois sans vouloir t'offenser, la robe a fait son temps.

En effet, la belle robe de Nellie avait souffert de son séjour à la décharge et des randonnées avec Bull et Lucie qui avaient suivi. Elle était tellement déchirée, sale et pleine de trous qu'elle ne ressemblait plus guère à une robe.

— J'ai une idée, dit Bull, et j'espère qu'elle obtiendra ton approbation.

Il prit son propre bonnet en tricot et découpa un gros trou au fond et deux petits sur les côtés, puis il débarrassa Édouard de sa robe.

— Regarde ailleurs, Lucie, dit-il au chien. Ne gêne pas Malone en l'observant pendant qu'il est nu.

Bull glissa la tête d'Édouard dans le trou du bonnet et fit passer ses bras dans les trous plus petits.

— Et voilà, dit-il à Édouard. À présent, il ne te manque qu'un pantalon.

Bull le fabriqua lui-même en découpant plusieurs mouchoirs rouges et en les cousant ensemble, afin d'en faire un vêtement de fortune recouvrant les longues jambes d'Édouard.

— Maintenant, tu as l'air d'un vrai vagabond, dit Bull en reculant pour admirer son travail. Maintenant, tu as l'air d'un lapin en cavale.

CHAPITRE QUATORZE

Au DÉBUT, LES AUTRES VAGABONDS PENSÈRENT
qu'Édouard n'était rien d'autre qu'une bonne grosse plaisanterie.

— Un lapin! Coupons-le en morceaux et jetons-le à la poêle!
avaient-ils lancé à la blague.

Ou alors, quand Bull s'assoyait et installait Édouard sur son
genou avec grand soin, l'un d'eux s'écriait :

— Hé, Bull! Tu t'es trouvé une petite poupée?

Évidemment, Édouard bouillait de colère quand il se faisait
traiter de poupée. Mais Bull, lui, ne se fâchait jamais. Il se
contentait de s'asseoir avec Édouard sur son genou et ne disait
rien. Bientôt, les hommes s'habituèrent à Édouard et la nouvelle de
son existence se répandit. Ainsi, lorsque Bull et Lucie mettaient les

pieds autour d'un feu de camp dans une autre ville, un autre coin de pays, un autre endroit complètement nouveau, les hommes connaissaient déjà Édouard et étaient contents de le voir.

— Malone! s'écriaient-ils tous en chœur.

Et Édouard ressentait un vif plaisir. Il était reconnu, ou connu tout simplement.

Pouvoir se concentrer de tout son être sur les histoires des autres – phénomène nouveau et curieux qui avait commencé dans la cuisine de Nellie – se révéla un atout fort précieux autour des feux de camp des vagabonds.

— Regardez Malone, dit un soir un homme nommé Jack. Il n'en rate pas un traître mot.

— Bien sûr, confirma Bull. Bien sûr qu'il écoute.

Plus tard, ce soir-là, Jack s'approcha de Bull, s'assit près de lui et lui demanda la permission d'emprunter le lapin. Bull lui tendit Édouard, et Jack s'assit avec Édouard sur son genou. Il se mit à murmurer dans l'oreille du lapin.

— Helène, et Jack Junior et Taffy – c'est la p'tite dernière, énuméra Jack. Ce sont mes enfants. Ils sont tous en Caroline du

Nord. T'es déjà allé par là? C'est un beau coin. C'est là qu'ils sont. Hélène. Jack Junior. Taffy. Tu retiens bien leurs noms, d'accord, Malone?

À partir de ce moment-là, partout où allaient Bull, Lucie et Édouard, il y avait toujours un vagabond pour emprunter le lapin et lui murmurer à l'oreille les noms de ses enfants. Betty. Ted. Nancy. William. Jimmy. Aline. Skipper. Faith.

Édouard savait ce que c'était que de répéter encore et encore les noms de ceux qu'on a laissés derrière soi. Il savait ce que c'était que de s'ennuyer de quelqu'un. Alors il écoutait. Et pendant qu'il écoutait, son cœur s'ouvrait. Bien grand, toujours plus grand.

Le lapin erra longtemps avec Lucie et Bull. Près de sept années s'écoulèrent, sept années pendant lesquelles Édouard devint un excellent vagabond : toujours heureux quand il était sur la route, et toujours agité quand il était sédentaire. Le bruit des roues sur les rails devint une musique apaisante pour lui. Il aurait pu rouler en train toute sa vie. Mais une nuit, dans une gare de triage de Memphis, pendant que Bull et Lucie dormaient dans un wagon de marchandises vide et qu'Édouard veillait, les choses se mirent à mal tourner.

Un homme pénétra dans le wagon et braqua une lampe de poche sur le visage de Bull, en le réveillant à grand renfort de coups de pied.

— Espèce de bon à rien, dit-il. Espèce de sale bon à rien! J'en ai assez des types comme toi qui dorment partout. C'est pas un motel ici!

Bull s'assit lentement. Lucie se mit à japper.

— Ferme-la! dit l'homme en décochant un vif coup de pied dans les côtes de Lucie, ce qui la fit crier de surprise.

Toute sa vie, Édouard avait été parfaitement conscient de son état : il était un lapin de porcelaine, un lapin avec des bras, des jambes et des oreilles articulées. Bien sûr, ses membres ne pouvaient se plier que s'il se trouvait entre les mains de quelqu'un. Il ne pouvait pas bouger par lui-même. Et c'est justement ce qu'il regretta le plus cette nuit-là – cette nuit-là, en particulier – quand Bull, Lucie et lui-même furent découverts dans le wagon désert. Édouard aurait voulu être capable de défendre Lucie. Mais il ne pouvait rien faire. Il pouvait seulement rester là et attendre.

— Dis quelque chose, lança l'homme en s'adressant à Bull.

Bull leva les mains en l'air et dit :

— Nous sommes perdus.

— Ouais, perdus. Tu parles que vous êtes perdus!

Puis il braqua sa lampe de poche sur Édouard et demanda :

— C'est quoi, ça?

— C'est Malone, répondit Bull.

— Tu veux rire! s'écria l'homme en tâtant Édouard du bout de sa botte. Tout va de travers. On n'a plus de contrôle. Mais pas quand je suis de garde. Non, monsieur. Pas quand c'est moi le responsable.

Le train se mit tout à coup en marche.

— Non, monsieur, répéta l'homme en baissant les yeux vers Édouard. Pas de balades gratuites pour les lapins.

Il se tourna et ouvrit toute grande la porte du wagon, puis il se retourna et, d'un seul coup de pied, il envoya valser Édouard dans la nuit noire.

Le lapin traversa l'air de cette fin de printemps.

Il entendit le hurlement angoissé de Lucie résonner très loin derrière lui.

— Ouahou-ou-ou, rrrrouahou-ou-ou, hurla-t-elle.

Édouard atterrit avec un bruit inquiétant, puis il roula, roula et roula jusqu'en bas d'une grande colline terreuse. Quand il s'immobilisa enfin, il était allongé sur le dos, les yeux tournés vers le ciel nocturne. Un profond silence régnait autour de lui. Il n'entendait plus Lucie. Il n'entendait plus le train.

Édouard regarda les étoiles. Il commença à nommer les constellations, puis il s'arrêta net.

« Bull, dit son cœur. Lucie. »

Édouard se demanda combien de fois il devrait quitter ceux qu'il aimait sans avoir la chance de leur dire au revoir.

Un grillon solitaire se mit à chanter.

Édouard l'écouta.

Une douleur vive se fit sentir au plus profond de lui.

Il aurait tant aimé pouvoir pleurer.

CHAPITRE QUINZE

LE LENDEMAIN MATIN, LE SOLEIL SE LEVA ET LE chant d'un oiseau succéda à celui du grillon. Une vieille femme trébucha sur Édouard tandis qu'elle marchait sur la route toute sale.

— Hum, laissa-t-elle échapper.

Elle tâta Édouard avec sa canne à pêche.

— On dirait un lapin, dit-elle.

Elle déposa son panier et se pencha pour l'examiner.

— Mais pas un vrai, ajouta-t-elle.

Elle se releva.

— Hum, dit-elle encore en se massant le dos. Je dis toujours qu'il y a une utilité à chaque chose et que chaque chose a son utilité. Voilà ce que je dis.

Édouard se fichait bien de ce qu'elle disait. La douleur terrible qu'il avait ressentie la nuit dernière s'était dissipée et un sentiment différent l'avait remplacée, un sentiment de vide et de désespoir.

« Ça m'est égal que tu me ramasses ou que tu ne me ramasses pas », se dit le lapin.

La vieille femme le ramassa.

Elle le plia en deux et le mit dans son panier, lequel sentait les algues et le poisson, puis elle continua à marcher en balançant son panier et en chantant *Personne n'a idée des malheurs que j'ai traversés.*

Malgré lui, Édouard écouta.

« J'en ai vécu des malheurs, moi aussi, se dit-il. Tu parles si j'en ai vécu! Et il semble bien que je n'en aie pas encore vu la fin. »

Édouard avait raison. Il n'était pas au bout de ses peines.

La vieille femme lui trouva une utilité.

Elle le suspendit à un poteau dans son potager. Elle cloua ses oreilles au poteau de bois, étendit ses bras de chaque côté comme s'il volait et attacha ses pattes à l'aide de fils de fer. En plus d'Édouard, des plats en métal étaient accrochés au poteau. Ils brillaient dans la lumière du matin et dansaient au vent en produisant des *cling!* et des *clang!*

— J'suis sûre que tu vas réussir à les effrayer, dit la vieille femme.

« Effrayer qui? » se demanda Édouard.

Il ne tarda pas à le découvrir. Des corbeaux.

Ceux-ci volaient vers lui en croassant et en criant, tournaient au-dessus de sa tête et piquaient droit sur ses oreilles.

— Allez, Clyde, dit la femme en tapant des mains. Faut que t'aies l'air méchant.

Clyde? Édouard sentit une lassitude si grande s'abattre sur lui qu'il eut l'impression qu'il allait soupirer pour de vrai. Quand donc arrêterait-on de l'appeler par un autre nom que le sien?

La vieille femme tapa encore des mains.

— Au travail, Clyde! cria-t-elle. Fais peur à ces oiseaux.

Puis elle s'éloigna, sortit du potager et regagna sa petite maison.

Les oiseaux étaient tenaces. Ils tournoyaient autour de la tête d'Édouard. Ils tiraient sur les brins défaits de son chandail. Un gros corbeau, en particulier, ne le lâchait pas. Il se perchait sur le poteau et criait sans arrêt un message menaçant dans son oreille gauche : « Crôa! crôa! crôa! » Quand le soleil monta plus haut dans le ciel et qu'il brilla avec plus de force et de cruauté, Édouard sentit qu'il commençait à délirer. Il prit le gros corbeau pour Pellegrina.

« Vas-y, se dit-il. Change-moi en phacochère, si tu veux. Je m'en fiche. Je me fiche de tout, maintenant. »

— Crôa, crôa, dit le corbeau Pellegrina.

Enfin, le soleil se coucha et les oiseaux s'envolèrent. Pendu par les oreilles, Édouard contempla le ciel. Il vit les étoiles, mais, pour la première fois de sa vie, il ne sentit aucun réconfort en les regardant. Il eut plutôt l'impression qu'elles se moquaient de lui.

« Tu es tout seul en bas, semblaient dire les étoiles. Et nous, nous sommes en haut, toutes ensemble dans nos constellations. »

« J'ai été aimé », rétorqua Édouard aux étoiles.

« Et alors? répondirent-elles. Cela n'a pas empêché que tu te retrouves seul à présent. »

Édouard ne trouva rien à répondre à cela.

« J'AI ÉTÉ AIMÉ », RÉTORQUA ÉDOUARD AUX ÉTOILES.

Le ciel finit par s'éclaircir et les étoiles disparurent une à une.

Les oiseaux revinrent dans le potager. La vieille femme aussi.

Un petit garçon l'accompagnait.

CHAPITRE SEIZE

— Bryce, dit la vieille femme, éloigne-toi de ce lapin. Je ne te paie pas pour que tu restes planté là à le regarder.

— Ouais m'dame, répondit Bryce.

Il essuya son nez du revers de sa main et continua de fixer Édouard. Il avait des yeux bruns, illuminés de paillettes d'or.

— Hé! murmura-t-il à Édouard.

Au même moment, un corbeau vint se poser sur la tête du lapin. Le garçon se mit alors à battre des bras et à crier :

— Va-t'en, stupide!

L'oiseau étendit ses ailes et s'envola.

— Bryce! cria la vieille femme.

— M'dame? fit Bryce.

— Lâche ce lapin. Fais ton travail. J't'le dirai pas une autre fois.

— Ouais, m'dame, répondit Bryce en essuyant son nez du revers de sa main.

Puis il ajouta pour Édouard :

— J'vais revenir te chercher.

Le lapin passa la journée pendu par les oreilles, à cuire sous le soleil brûlant et à regarder la vieille femme et Bryce biner et sarcler le potager. Quand la vieille femme avait le dos tourné, Bryce saluait Édouard de la main.

Les oiseaux tournoyaient autour de la tête d'Édouard en se moquant de lui.

« Comment se sent-on quand on a des ailes ? » se demanda Édouard.

S'il avait eu des ailes quand on l'avait lancé par-dessus bord, il ne serait pas tombé au fond de la mer. Il se serait plutôt envolé dans la direction opposée, bien haut dans l'immensité du ciel bleu et lumineux. Et quand Lolly l'avait jeté à la décharge, il aurait pu s'enfuir des déchets à tire-d'aile, la suivre et se poser sur sa tête en y plantant ses serres pointues. Et dans le train, quand l'homme lui avait donné un coup de pied, il n'aurait pas roulé par terre, mais il se serait élevé dans les airs pour se percher sur le toit du wagon et se serait moqué de l'homme : « Crôa! crôa! crôa! »

À la fin de l'après-midi, Bryce et la vieille femme quittèrent le champ. Bryce fit un clin d'œil à Édouard quand il passa près de lui. L'un des corbeaux vint se poser sur l'épaule d'Édouard et se mit à donner des coups de bec sur sa figure de porcelaine. Par chacun de ses coups, il semblait rappeler au lapin que non seulement il n'avait pas d'ailes et ne pouvait pas voler, mais qu'en plus, il ne pouvait même pas bouger, d'aucune façon.

La nuit tomba sur le champ, puis vint l'obscurité totale. Un engoulevent se mit à chanter encore et encore : « Bois pourri! bois pourri! » C'était le chant le plus triste qu'Édouard eût jamais entendu. Puis un autre son se fit entendre : celui d'un harmonica.

Et Bryce surgit de l'ombre.

— Hé! lança-t-il à Édouard.

Il essuya son nez du revers de sa main, puis il joua un autre petit air à l'harmonica.

— J'parie qu'tu croyais qu'j'allais pas revenir. Mais me v'là. J'suis venu te sauver.

« Trop tard, songea Édouard pendant que Bryce escaladait le poteau et travaillait à dénouer les fils de fer qui retenaient ses poignets. Je ne suis plus qu'un lapin vide. »

« Trop tard, songea Édouard pendant que Bryce arrachait les clous de ses oreilles. Je ne suis qu'une poupée de porcelaine. »

Mais lorsque le dernier clou fut enlevé et que le lapin tomba entre les bras de Bryce, il sentit une vague de soulagement l'envahir, et la vague de soulagement fut aussitôt suivie par une vague de joie.

« Après tout, se dit-il, peut-être n'est-il pas trop tard pour que je sois sauvé. »

CHAPITRE DIX-SEPT

Bryce balança Édouard par-dessus son épaule et se mit en route.

— J'suis venu t'chercher pour t'emmener à Sarah Ruth, dit Bryce. Tu connais pas Sarah Ruth. C'est ma sœur. Elle est malade. Elle avait un bébé en porcelaine. Elle l'aimait beaucoup, c'te poupée. Mais il l'a brisée. Il l'a brisée! Il était soûl et il a marché sur la tête de la poupée et l'a brisée en cent millions d'morceaux. Des morceaux tellement p'tits que j'pouvais pas les remettre ensemble. J'pouvais pas. J'ai essayé, essayé.

Rendu à ce moment de son récit, Bryce cessa de marcher, secoua la tête et essuya son nez du revers de sa main.

— Sarah Ruth a rien pour jouer depuis c'temps-là. Y va rien

lui ach'ter. Y dit qu'elle a besoin de rien. Y dit qu'elle a besoin de rien parce qu'elle va pas vivre. Mais y sait rien.

Bryce se remit à marcher.

— Y sait rien, répéta-t-il.

Édouard ne comprit pas trop qui était le « y » en question. Ce qui était clair, cependant, c'était qu'on l'apportait à une enfant en remplacement d'une poupée perdue. Une poupée. Lui qui avait horreur des poupées! Cela le vexait qu'on le choisisse pour combler la perte d'une poupée. N'empêche, il devait le reconnaître, c'était quand même un sort hautement plus enviable que celui d'être suspendu par les oreilles à un poteau.

Bryce et Sarah Ruth vivaient dans une cabane si petite et si tordue qu'au début, Édouard ne put croire que c'était une maison. Il pensa plutôt que c'était un poulailler. À l'intérieur, il y avait deux lits, une lampe à pétrole et pas grand-chose d'autre. Bryce posa Édouard au pied d'un des lits et alluma la lampe.

— Sarah, murmura Bryce. Sarah Ruth. Réveille-toi, ma puce. J't'ai apporté quelque chose.

Il sortit l'harmonica de sa poche et joua le début d'une mélodie toute simple.

La petite fille se dressa dans son lit et se mit aussitôt à tousser. Bryce mit sa main sur son dos et lui dit :

— Ça va aller. T'inquiète pas, ma puce.

Elle était toute jeune, quatre ans peut-être, avec des cheveux d'un blond presque blanc. Malgré la faible lueur de la lampe, Édouard vit que ses yeux étaient du même brun pailleté d'or que ceux de Bryce.

— Ça va aller, répéta Bryce. Continue, continue à tousser.

Sarah Ruth lui obéit. Elle toussa, toussa et toussa. La lampe à pétrole reflétait son ombre tremblotante sur le mur de la cabane, une ombre toute frêle et toute voûtée. Cette toux était le son le plus triste qu'Édouard eût jamais entendu, plus triste encore que le chant plaintif de l'engoulevent. Sarah Ruth cessa enfin de tousser.

— Tu veux voir c'que j't'ai apporté? demanda Bryce.

Sarah Ruth hocha la tête.

— Faut qu'tu fermes les yeux.

La fillette ferma les yeux.

Bryce prit Édouard et le tint debout bien droit, comme un soldat, au pied du lit.

— C'est bon, tu peux r'garder.

Sarah Ruth ouvrit les yeux et Bryce fit bouger les bras et les jambes de porcelaine d'Édouard comme s'il dansait.

Sarah Ruth rit et battit des mains.

— Lapin, dit-elle.

— Il est à toi, ma puce, dit Bryce.

Les yeux grands ouverts, Sarah Ruth regarda d'abord Édouard, puis Bryce, puis Édouard encore, d'un air incrédule.

— Il est à toi.

— Moi?

Édouard ne tarda pas à découvrir que Sarah Ruth prononçait rarement plus d'un mot à la fois. Les mots, du moins les groupes de mots, la faisaient tousser. Elle se contentait donc de dire le strict nécessaire.

— À toi, répéta Bryce. J'l'ai apporté juste pour toi.

Cette nouvelle provoqua chez Sarah Ruth une autre quinte de toux qui la fit se voûter de nouveau. Quand la quinte fut passée, elle se redressa et tendit les bras.

— C'est ça, dit Bryce en lui donnant Édouard.

— Bébé, dit Sarah Ruth.

Elle berça Édouard d'avant en arrière et le contempla en souriant.

De toute sa vie, Édouard n'avait jamais été bercé. Abeline ne l'avait pas fait. Ni Nellie. Et encore moins Bull. C'était une sensation singulière d'être tenu aussi gentiment, quoique solidement, et d'être contemplé avec autant d'amour. Édouard sentit une vive chaleur se répandre dans son corps de porcelaine.

— Comment tu vas l'appeler, ma puce? demanda Bryce.

— Jangles, répondit Sarah Ruth sans quitter Édouard des yeux.

— Jangles, tu dis? Hé! bon choix! J'aime ça, ce nom-là.

Bryce tapota la tête de Sarah Ruth. Elle continua à contempler Édouard.

— Là, là, dit-elle à Édouard en le berçant.

— Dès que j'l'ai vu, dit Bryce, j'ai su qu'il était pour toi. J'me suis dit : « Ce lapin-là est pour Sarah Ruth, c'est sûr et certain. »

— Jangles, murmura Sarah Ruth.

Dehors, le tonnerre gronda, et on entendit bientôt la pluie tomber sur le toit de métal. Sarah Ruth continua à bercer Édouard toujours d'avant en arrière, d'avant en arrière, et Bryce sortit son harmonica et se mit à jouer un air au rythme de la pluie.

« Là, là », dit-elle à Édouard en le berçant.

CHAPITRE DIX-HUIT

BRYCE ET SARAH RUTH AVAIENT UN PÈRE. TÔT le lendemain matin, alors que la lumière était encore grise et incertaine, il revint à la maison. Sarah Ruth était assise dans son lit et toussait. Il souleva Édouard par une de ses oreilles et dit :

— D'où ça sort?

— C't'une poupée, dit Bryce.

— M'a pas l'air d'une poupée.

Pendu par une oreille, Édouard était mort de peur. Il était sûr d'être en présence de l'homme qui fracassait les têtes des poupées de porcelaine.

— Jangles, dit Sarah Ruth entre deux quintes de toux.

Elle tendit les bras.

— C'est l'sien, dit Bryce. Y est à elle.

Le père laissa tomber Édouard sur le lit. Bryce ramassa le lapin et le rendit à Sarah Ruth.

— De toute façon, ça n'a pas d'importance, dit le père. Ça ne fait aucune différence. Aucune.

— Oui, c'est important, répliqua Bryce.

— Tu oses me répondre, effronté? lança le père.

Il leva la main et gifla Bryce en travers de la bouche, puis il tourna les talons et sortit de la maison.

— T'inquiète pas pour lui, dit Bryce à Édouard. C'est rien qu'une brute. En plus, y vient presque jamais ici.

Par chance, le père ne revint pas ce jour-là. Bryce partit travailler et Sarah Ruth passa la journée au lit, tenant Édouard sur ses genoux et s'amusant avec une boîte remplie de boutons.

— Joli, dit-elle à Édouard en alignant les boutons sur le lit pour former différents motifs.

Parfois, quand elle était secouée par une quinte de toux particulièrement violente, elle serrait Édouard si fort que celui-ci craignait de se briser en deux. Entre les quintes de toux, elle s'était mise à sucer le bout de l'une ou l'autre des oreilles d'Édouard. En temps normal, Édouard aurait trouvé très irritant ce genre de comportement sans-gêne et envahissant, mais il ressentait quelque chose de particulier pour Sarah Ruth. Il voulait prendre soin d'elle. Il voulait la protéger. Il voulait en faire plus pour elle.

À la fin de la journée, Bryce revint avec un petit pain pour Sarah Ruth et une pelote de ficelle pour Édouard.

Sarah Ruth tint le petit pain à deux mains et y prit de petites bouchées hésitantes.

— Tu l'manges tout, ma puce, dit Bryce. J'vais tenir Jangles. Lui et moi, on a une surprise pour toi.

Bryce emporta Édouard dans un coin de la pièce. À l'aide de son canif, il coupa des longueurs de ficelle dont il attacha une extrémité aux bras et aux jambes d'Édouard, et l'autre extrémité à des baguettes de bois.

— Tu vois, j'y ai pensé toute la journée, expliqua Bryce. Ce qu'on va faire, c'est te faire danser. Sarah Ruth adore danser. M'man la prenait souvent dans ses bras et la faisait danser ici, dans toute la pièce.

Il s'interrompit pour demander à Sarah Ruth :

— Tu manges ton petit pain?

— Hmmm, répondit Sarah Ruth.

— Continue, ma puce. On a une surprise pour toi, dit Bryce en se levant. Ferme les yeux.

Il emporta Édouard sur le lit et dit :

— Très bien, tu peux les ouvrir maintenant.

Sarah Ruth ouvrit les yeux.

— Danse, Jangles, dit Bryce.

Et alors, en tenant les baguettes d'une main, Bryce fit danser, tourner et sauter Édouard. Pendant ce temps, de son autre main, il joua un air joyeux et entraînant à l'harmonica.

Sarah Ruth se mit à rire. Elle rit jusqu'à ce qu'elle se remette à tousser. Alors Bryce déposa Édouard, prit Sarah Ruth sur ses genoux et la berça tout en lui frottant le dos.

— Tu veux d'l'air frais? lui demanda-t-il. Tu veux qu'on sorte de c'te fichue cabane remplie de mauvais air, hein?

Bryce porta sa sœur dehors. Il laissa Édouard couché sur le lit et le lapin, les yeux tournés vers le plafond noir de suie, s'imagina encore une fois avoir des ailes. Il se dit que s'il en avait, il s'envolerait très haut dans le ciel, là où l'air était pur et doux, et il emmènerait Sarah Ruth avec lui. Il la tiendrait dans ses bras. À coup sûr, si haut et si loin du monde, elle serait capable de respirer sans tousser.

Au bout d'une minute, Bryce revint à l'intérieur, Sarah Ruth toujours dans ses bras.

— Elle veut qu'tu sois là, dit-il.

— Jangles, dit Sarah Ruth en tendant les bras.

Alors Bryce tint Sarah Ruth, et Sarah Ruth tint Édouard, et tous les trois sortirent.

— Cherche les étoiles filantes, dit Bryce. Elles sont magiques, celles-là.

Ils restèrent tranquilles un bon moment, tous les trois occupés à observer le ciel. Sarah Ruth cessa de tousser. Édouard pensa qu'elle s'était peut-être endormie.

— Là, dit-elle en désignant une étoile qui fendait le ciel nocturne avec rapidité.

— Fais un vœu, ma puce, s'exclama Bryce d'une voix aiguë et nouée par l'émotion. C'est ton étoile. Fais un vœu, n'importe quoi, c'que tu veux.

Et, même si c'était l'étoile de Sarah Ruth, Édouard lui adressa un vœu, lui aussi.

CHAPITRE DIX-NEUF

LES JOURS PASSÈRENT. LE SOLEIL SE LEVA ET SE coucha, se leva et se coucha, encore et encore. Parfois, le père rentrait à la maison, parfois il ne rentrait pas. Les oreilles d'Édouard étaient devenues toutes détrempées, mais il s'en fichait. Son chandail s'était détricoté presque entièrement, mais il s'en fichait aussi. Il était serré par les petits bras de Sarah Ruth au point d'étouffer, mais cela le rendait heureux. Le soir, entre les mains de Bryce, suspendu au bout des ficelles, Édouard dansait et dansait encore.

Un mois passa, puis deux, puis trois. Sarah Ruth dépérissait. Le cinquième mois, elle cessa de manger. Le sixième mois, elle se mit à cracher du sang lorsqu'elle toussait. Sa respiration devint difficile et entrecoupée, comme si, entre deux bouffées d'air, elle devait se rappeler comment faire pour respirer.

— Respire, ma puce, disait Bryce penché sur elle.

« Respire, se disait Édouard du fin fond de la prison de ses petits bras. Respire, s'il te plaît, respire. »

Bryce ne quittait plus la maison. Il restait assis toute la journée avec Sarah Ruth sur les genoux, et il la berçait d'avant en arrière et chantait pour elle. Un beau matin de septembre, Sarah Ruth cessa de respirer.

— Oh, non! s'écria Bryce. Oh, ma puce, respire un coup! S'il te plaît!

Édouard était tombé des bras de Sarah Ruth la nuit précédente et elle ne l'avait pas réclamé. C'est donc la figure plaquée au sol et les bras en l'air qu'Édouard entendit Bryce pleurer. Il entendit le père rentrer à la maison et réprimander Bryce avec violence. Il entendit le père pleurer.

— Tu peux pas pleurer! cria Bryce. T'as pas l'droit de pleurer. Tu l'as jamais aimée. Tu sais même pas c'est quoi aimer.

— Je l'ai aimée, rétorqua le père. Je l'ai aimée.

« Je l'ai aimée aussi, se dit Édouard. Je l'ai aimée et, à présent, elle est partie. »

Le lapin se demanda comment de telles choses pouvaient se produire.

Comment supporterait-il de vivre dans un monde sans Sarah Ruth?

La dispute entre le père et le fils se poursuivit, puis il y eut ce moment terrible où le père s'obstina à prétendre que Sarah Ruth lui appartenait, qu'elle était sa fille, son bébé, et qu'il l'emmenait avec lui pour l'enterrer.

— Elle est pas à toi! hurla Bryce. Tu peux pas la prendre. Elle est pas à toi!

Mais comme le père était plus grand et plus fort, c'est lui qui gagna.

Il enveloppa Sarah Ruth dans une couverture et sortit avec elle. La petite maison devint silencieuse.

Édouard entendit Bryce qui allait et venait tout en marmonnant. Enfin, le garçon ramassa Édouard et dit :

— Viens-t'en, Jangles. On part. On s'en va à Memphis.

CHAPITRE VINGT

« VIENS-T'EN, JANGLES. »

— Combien de lapins danseurs as-tu vus dans ta vie? demanda Bryce à Édouard. J'vais te dire, moi. Un. Un seul. Toi. C'est comme ça que toi et moi, on va gagner de l'argent. J'l'ai vu quand j'suis venu à Memphis la dernière fois. Des gens font n'importe quel spectacle sur le coin d'la rue et les autres leur donnent des sous. J'l'ai vu.

Il fallut marcher toute la nuit avant d'arriver en ville. Bryce marcha sans s'arrêter, en tenant Édouard sous un bras et en lui parlant durant tout le trajet. Édouard fit de son mieux pour écouter, mais le sentiment de vide terrible qu'il avait ressenti lorsqu'il était pendu par les oreilles dans le potager de la vieille femme l'avait envahi de nouveau, ce sentiment que plus rien n'avait d'importance et que plus rien n'en aurait jamais.

Édouard ne se sentait pas seulement vide, il souffrait. Chaque parcelle de son corps de porcelaine souffrait. Il souffrait pour Sarah Ruth. Il voulait qu'elle le serre dans ses petits bras. Il voulait danser pour elle.

Et il dansa, mais ce ne fut pas pour Sarah Ruth. Édouard dansa pour des étrangers, au coin d'une rue sale de Memphis. Bryce joua de l'harmonica et agita les ficelles d'Édouard, et Édouard s'inclina, dansa d'un pied sur l'autre, se balança, et les gens s'arrêtèrent pour le regarder, le montrer du doigt et rire de lui. La boîte de boutons de Sarah Ruth était posée sur le sol devant eux. Le couvercle était enlevé pour inciter les gens à y jeter des pièces de monnaie.

— Maman, dit un petit garçon, regarde ce lapin. Je veux le toucher.

Il tendit la main pour toucher Édouard.

— Non, dit la mère, c'est sale. Ce n'est pas propre, ajouta-t-elle en tirant l'enfant pour l'éloigner d'Édouard.

Un homme coiffé d'un chapeau s'arrêta et observa Édouard et

Bryce d'un drôle d'air.

— C'est un péché de danser, déclara-t-il.

Puis, après un long silence, il ajouta :

— Particulièrement pour les lapins.

L'homme ôta son chapeau et le tint sur son cœur. Il resta un long moment à regarder le garçon et le lapin. Enfin, il remit son chapeau sur sa tête et s'éloigna.

Les ombres s'étirèrent. Le soleil descendit bas dans le ciel et prit la teinte d'une orange brûlée. Bryce se mit à pleurer. Édouard vit ses larmes s'écraser sur le pavé. Mais le garçon n'arrêta pas de jouer de l'harmonica. Il n'arrêta pas de faire danser Édouard.

Une vieille femme penchée sur une canne s'approcha d'eux. Elle fixa Édouard de ses yeux sombres et profonds.

« Pellegrina? » se dit le lapin danseur.

Elle hocha la tête.

« Regarde-moi, lui dit Édouard pendant que ses bras et ses jambes remuaient. Regarde-moi. Ton vœu s'est réalisé. Je sais comment aimer. Et c'est une chose terrible. Je suis brisé. Mon cœur est brisé. Aide-moi. »

La vieille femme fit demi-tour et s'éloigna en boitillant.

« Reviens, se dit Édouard. Répare-moi. »

Bryce pleura plus fort. Il fit danser Édouard plus vite.

Finalement, quand le soleil fut couché et que les rues se furent vidées, Bryce cessa de jouer de l'harmonica.

— Ça suffit maintenant, dit-il.

Il laissa tomber Édouard sur le pavé.

— Je ne pleurerai plus. Jamais.

Bryce essuya son nez du revers de sa main, ramassa la boîte de boutons et regarda à l'intérieur.

— On en a assez pour manger quelque chose, déclara-t-il. Viens-t'en, Jangles.

CHAPITRE VINGT ET UN

L'E RESTAURANT S'APPELAIT « CHEZ NEAL ». LE
nom était écrit en grosses lettres de néon rouges qui clignotaient.
L'intérieur était chaleureux et lumineux, et l'air embaumait le
poulet frit, le pain grillé et le café.

Bryce s'assit au comptoir et installa Édouard sur le tabouret à
côté de lui. Il appuya le front du lapin sur le comptoir pour qu'il
ne tombe pas.

— Qu'est-ce que tu vas prendre, mon chou? demanda la
serveuse à Bryce.

— Donnez-moi des crêpes, répondit Bryce, des œufs et du
steak aussi. J'veux un bon gros steak. Et du pain grillé. Et du café.

La serveuse se pencha en avant, tira sur l'une des oreilles d'Édouard, puis le fit basculer vers l'arrière pour voir sa figure.

— C'est ton lapin? demanda-t-elle à Bryce.

— Ouais, m'dame. Il est à moi maintenant. Avant, il était à ma sœur.

Bryce essuya son nez du revers de sa main et ajouta :

— Lui et moi, on fait des spectacles.

— Vraiment? dit la serveuse.

Elle avait une épinglette sur sa robe où l'on pouvait lire son prénom : Marlène. Elle dévisagea Édouard, puis lâcha son oreille, et le lapin retomba vers l'avant, la tête contre le comptoir.

« Vas-y, Marlène, se dit Édouard. Bouscule-moi. Fais ce que tu veux. Qu'importe? Je suis brisé. Brisé. »

Le repas fut servi et Bryce avala tout, sans même lever le nez de son assiette.

— Eh bien, je crois que tu avais faim, dit Marlène en débarrassant le comptoir. À mon avis, on travaille fort dans le monde du spectacle.

— Ouais, m'dame, dit Bryce.

Marlène glissa la facture sous la tasse de café. Bryce la prit et l'examina, puis il secoua la tête.

— J'en ai pas assez, confia-t-il à Édouard.

Quand Marlene revint et qu'elle remplit sa tasse de café, il lui dit :

— J'en ai pas assez.

— Quoi donc, mon chou?

— J'ai pas assez d'argent.

Elle cessa de verser le café et le regarda.

— Il va falloir que tu discutes de ça avec Neal.

Or, il se trouva que Neal était à la fois le propriétaire du restaurant et le cuisinier. C'était un homme trapu, un rouquin au visage rouge. Il sortit de la cuisine, une spatule à la main.

— Tu avais faim quand tu es entré ici, pas vrai? lança-t-il à Bryce.

— Ouais, m'sieur, répondit Bryce en essuyant son nez du revers de sa main.

— Et tu as commandé un repas, et je te l'ai préparé et Marlène te l'a apporté. Exact?

— J'imagine, répondit Bryce.

— Tu imagines? répéta Neal.

Il abattit la spatule sur le comptoir et cela fit un grand *tac!*
Bryce sursauta.

— Euh, ouais, m'sieur. J'veux dire, non, m'sieur.

— Je. Te. L'ai. Préparé, articula Neal.

— Ouais, m'sieur, répondit Bryce.

Il s'empara d'Édouard et le serra contre lui. Tous les clients
du restaurant cessèrent de manger. Tous avaient les yeux tournés
vers le garçon, son lapin et Neal. Seule Marlène regardait ailleurs.

— Tu as commandé un repas. Je l'ai préparé. Marlène l'a
servi. Tu l'as mangé. À présent, je veux mon argent, reprit Neal en
tapant légèrement la spatule contre le comptoir.

Bryce s'éclaircit la voix.

— Avez-vous déjà vu un lapin danser? demanda-t-il.

— Comment? dit Neal.

— Avez-vous déjà vu, dans votre vie, un lapin danser? répéta
Bryce.

Il installa Édouard sur le plancher et tira sur les ficelles attachées à ses pieds pour qu'il exécute un jeu de jambes complexe et lent. Il porta son harmonica à sa bouche et joua un air triste qui s'accordait bien avec la danse.

Quelqu'un rit.

Bryce arrêta de jouer et dit :

— Il peut danser encore, si vous voulez. Il peut danser pour payer mon repas.

Neal fixa Bryce. Puis, sans prévenir, il se pencha et attrapa Édouard.

— Voilà ce que je pense des lapins danseurs, dit Neal.

Et il balança Édouard par les pieds, tant et si bien que sa tête heurta violemment le rebord du comptoir.

Il y eut un craquement sec.

Bryce hurla.

Et le monde, celui d'Édouard, devint complètement noir.

CHAPITRE VINGT-DEUX

Cᴇʟᴀ ꜱᴇ ᴘᴀꜱꜱᴀɪᴛ à ʟᴀ ᴛᴏᴍʙéᴇ ᴅᴇ ʟᴀ ɴᴜɪᴛ. Édouard marchait sur un trottoir. Il marchait tout seul, en mettant un pied devant l'autre, sans l'aide de personne. Il portait un très bel ensemble de soie rouge.

Il marchait sur le trottoir, puis il emprunta une allée qui menait à une maison aux fenêtres éclairées.

« Je connais cette maison, se dit Édouard. C'est la maison d'Abeline. Je suis sur la rue d'Égypte. »

Lucie surgit par la porte de devant et accourut vers lui en jappant, en sautant et en agitant sa queue.

— Tout doux, fifille, dit une voix grave et profonde.

Édouard leva les yeux et aperçut Bull, qui se tenait dans l'embrasure de la porte.

— Bonsoir, Malone, dit Bull. Bonsoir, mon bon vieux pâté de lapin! Nous t'attendions.

Bull ouvrit la porte toute grande et Édouard entra dans la maison.

Abeline était là, et aussi Nellie, Laurence et Bryce.

— Susanna, dit Nellie.

— Jangles, dit Bryce.

— Édouard, dit Abeline en lui tendant les bras.

Mais Édouard resta immobile. Il examina la pièce où il se trouvait.

— Tu cherches Sarah Ruth? demanda Bryce.

Édouard hocha la tête.

— Tu dois aller dehors si tu veux voir Sarah Ruth, dit Bryce.

Alors ils sortirent tous : Lucie et Bull, Nellie et Laurence, Bryce, Abeline et Édouard.

— C'est là, dit Bryce en désignant les étoiles.

— Ouais, dit Laurence, c'est la constellation de Sarah Ruth.

Il souleva Édouard et l'installa sur son épaule en ajoutant :

— Tu peux la voir, juste là.

Édouard ressentit un pincement au cœur, tout à la fois intense, doux et familier. Pourquoi fallait-il qu'elle soit si loin?

« Si seulement j'avais des ailes, songea-t-il. Je pourrais voler jusqu'à elle. »

Du coin de l'œil, le lapin vit quelque chose flotter au vent. Il regarda par-dessus son épaule et aperçut les plus belles ailes qu'il eût jamais vues : elles étaient orange, rouges, bleues et jaunes. Et elles étaient sur son dos. Elles lui appartenaient. Elles étaient ses ailes à lui.

Quelle nuit magnifique c'était! Il pouvait marcher. Il portait un nouvel habit très élégant. Et voilà qu'il avait des ailes. Il pouvait voler où bon lui semblait, et faire tout ce qu'il voulait. Pourquoi ne s'en était-il jamais aperçu auparavant?

Déjà, il sentait son cœur planer. Il étendit ses ailes et s'élança de l'épaule de Laurence, échappa à l'étreinte de ses mains et s'éleva dans le ciel nocturne, vers les étoiles, tout droit vers Sarah Ruth.

— Non! cria Abeline.

— Attrapez-le! lança Bryce.

Édouard s'éleva plus haut.

Lucie aboya.

— Malone! cria Bull.

D'un bond gigantesque, il réussit à saisir Édouard par les pieds et à le tirer vers le bas, en luttant pour le ramener sur la terre ferme.

— Tu ne peux pas partir maintenant, dit Bull.

— Reste avec nous, supplia Abeline.

Édouard battit des ailes, mais c'était inutile. Bull le retenait fermement au sol.

— Reste avec nous, répéta Abeline.

Édouard éclata en sanglots.

— Je ne supporterais pas de le perdre une autre fois, déclara Nellie.

— Moi non plus, renchérit Abeline. Cela me briserait le cœur.

Lucie approcha sa tête de la figure d'Édouard.

Elle essuya ses larmes à grands coups de langue.

CHAPITRE VINGT-TROIS

— Fabriqué avec un soin extrême, dit l'homme qui passait un linge humide et chaud sur la figure d'Édouard. Une véritable œuvre d'art, à mon avis. Une œuvre d'art infiniment et incroyablement sale, mais une œuvre d'art quand même. Et puis, on peut toujours venir à bout de la saleté. De la même façon que je suis venu à bout de ta tête cassée.

Édouard plongea son regard dans celui de l'homme.

— Ah, te voilà, constata l'homme. Je vois que tu m'écoutes à présent. Ta tête était brisée. Je l'ai réparée. Je t'ai tiré du monde des morts.

« Mon cœur, se dit Édouard. Mon cœur est brisé. »

— Non, non, dit l'homme. Nul besoin de me remercier. C'est

mon travail, après tout. Permets-moi de me présenter. Je suis Lucius Clarke, réparateur de poupées. Ta tête... devrais-je te le dire? Cela va peut-être te peiner? Ma foi, j'ai toujours dit qu'on devait foncer tête première vers la vérité, sans vouloir faire un jeu de mots. Ta tête, jeune homme, a été fracassée en vingt et un morceaux.

« Vingt et un morceaux? » répéta Édouard hébété.

Lucius Clarke hocha la tête.

— Vingt et un, reprit-il. Sans vouloir me vanter, je dois admettre qu'un simple réparateur de poupées, je veux dire un réparateur de poupées qui n'aurait pas mon talent, n'aurait peut-être pas réussi à te réparer. Mais à quoi bon parler de ce qui aurait pu arriver. Parlons plutôt de ton état actuel. Tu as tous tes morceaux. Tu as failli tomber dans l'oubli, mais tu as échappé à ce destin grâce à ton humble serviteur, Lucius Clarke.

Alors, Lucius Clarke mit sa main sur sa poitrine et s'inclina bien bas devant Édouard.

Quel discours! Édouard, à peine éveillé et toujours étendu sur le dos, tenta de s'en imprégner. Il était couché sur une table en bois, dans une pièce baignée de lumière, où le soleil entrait par de hautes fenêtres. Apparemment, sa tête avait été fracassée en vingt et un morceaux, mais tous avaient été remis en place pour n'en former qu'un seul à nouveau. Il ne portait pas d'habit rouge. À vrai dire, il ne portait aucun vêtement. Il était nu, une fois de plus. Et il n'avait pas d'ailes.

Puis il se souvint : Bryce, le restaurant, Neal qui le balançait en l'air.

Bryce.

— Peut-être t'interroges-tu au sujet de ton jeune ami, dit Lucius, celui dont le nez coule sans arrêt? Oui. C'est lui qui t'a apporté ici en pleurant et en me suppliant de l'aider. « Réparez-le! qu'il disait. Réparez-le! »

Je lui ai donc dit : « Jeune homme, je suis un homme d'affaires. Je peux réparer ton lapin. Cela a un prix. Il reste à voir si tu es capable de payer ce prix. » Il ne pouvait pas. Évidemment, il ne pouvait pas. Il m'a dit qu'il ne pouvait pas.

Alors, je lui ai dit que deux choix s'offraient à lui. Seulement deux. Le premier, c'était qu'il aille demander de l'aide ailleurs. Le second, c'était que je te répare du mieux que je pouvais – et mon talent est considérable – et qu'ensuite, tu sois à moi. Non plus à lui, mais à moi.

À ce moment-là, Lucius garda le silence. Il hocha la tête comme pour signifier qu'il était en accord avec lui-même.

— Seulement deux choix, répéta-t-il. Et ton ami a opté pour le second choix. Il t'a laissé ici pour que tu guérisses. Un geste admirable, en vérité.

« Bryce », songea Édouard.

Lucius Clarke frappa dans ses mains.

— Mais ne t'inquiète pas, mon ami. Ne t'inquiète pas. J'ai bien l'intention de tenir ma parole. Je vais te redonner ta splendeur originale, du moins telle que je l'imagine. Tu auras des oreilles et une queue en vraie fourrure de lapin. Tes moustaches seront réparées et remises en place, et tes yeux repeints d'un beau bleu vif. Et tu seras vêtu du plus élégant des costumes.

Et alors, un jour, je récolterai le fruit de mon investissement. En temps et lieu, en temps et lieu. Dans le commerce des poupées, on dit qu'il y a un temps pour tout : un temps pour vivre et un temps pour se reposer. Toi, mon cher ami, tu viens d'entamer ta période de repos.

CHAPITRE VINGT-QUATRE

Alors Édouard Toulaine fut réparé, remonté, nettoyé, poli, habillé d'un costume élégant et exposé sur une étagère. De cette étagère, Édouard pouvait voir toute la boutique : l'établi de Lucius Clarke, les fenêtres donnant sur l'extérieur et la porte par laquelle les clients entraient et sortaient. De cette étagère, Édouard vit un jour Bryce ouvrir la porte et s'immobiliser sur le seuil. Sa main gauche serrait l'harmonica en métal; l'instrument brillait de tous ses feux dans la lumière du soleil qui entrait à flots par les fenêtres.

— Jeune homme, s'empressa de dire Lucius, j'ai bien peur que nous ayons conclu un marché.

— J'peux pas l'voir? demanda Bryce.

Il essuya son nez du revers de sa main. À la vue de ce simple geste, Édouard fut submergé d'un immense sentiment d'amour, doublé d'un grand vide.

— J'veux juste le voir.

Lucius Clarke soupira.

— Tu peux le regarder, répondit-il. Tu peux le regarder et ensuite, tu t'en vas et tu ne reviens plus. Je ne veux pas te voir chaque jour dans ma boutique, à te lamenter sur ce que tu as perdu.

— Ouais m'sieur, dit Bryce.

Lucius soupira encore. Il quitta son établi et s'approcha de l'étagère, prit Édouard, et le tendit vers Bryce pour qu'il puisse le voir.

— Hé, Jangles! dit Bryce. T'es beau. La dernière fois que j't'ai vu, tu faisais pitié, avec ta tête fracassée et...

— Il est réparé à présent, coupa Lucius, comme je te l'avais promis.

Bryce hocha la tête. Il essuya son nez du revers de sa main.

— J'peux l'prendre dans mes bras? demanda-t-il.

— Non, répondit Lucius.

Bryce hocha encore la tête.

— Dis-lui au revoir, reprit Lucius Clarke. Il est réparé. Il a été sauvé. Tu dois lui dire au revoir à présent.

— Au revoir, dit Bryce.

« Ne pars pas, se dit Édouard. Je ne le supporterai pas, si tu pars. »

— Et maintenant, sors d'ici, dit Lucius Clarke.

— Ouais m'sieur, répondit Bryce.

Mais il resta là, immobile, les yeux rivés sur Édouard.

— Allez, s'impatienta Lucius. Sors.

« Non, se dit Édouard. S'il te plaît, reste. »

Bryce fit demi-tour. Il franchit le seuil de la boutique du réparateur de poupées. La porte se referma. La clochette tinta.

Et Édouard se retrouva seul.

« Tu peux le regarder et ensuite, tu t'en vas et tu ne reviens plus. »

CHAPITRE VINGT-CINQ

Bɪᴇɴ sûʀ, ᴇɴ ʀéᴀʟɪᴛé, ɪʟ ɴ'éᴛᴀɪᴛ ᴘᴀs sᴇᴜʟ. La boutique de Lucius Clarke était remplie de poupées – des poupées dames, des poupées bébés, des poupées avec des yeux qui s'ouvraient et qui se fermaient, des poupées avec des yeux peints, des poupées habillées comme des reines et des poupées en costume de marin.

Édouard ne s'était jamais intéressé aux poupées. Il les trouvait pénibles et égoïstes, bavardes et vaniteuses. Cette opinion se confirma une fois de plus quand Édouard fit connaissance avec sa première voisine d'étagère, une poupée de porcelaine aux yeux en verre couleur d'émeraude, aux lèvres rouges et aux cheveux brun foncé. Elle était vêtue d'une robe de satin vert qui lui allait jusqu'aux genoux.

— Qu'es-tu donc? demanda-t-elle d'une voix haut perchée quand Édouard fut déposé à côté d'elle sur l'étagère.

— Je suis un lapin, répondit Édouard.

La poupée laissa échapper un petit cri.

— Ta place n'est pas ici, sermonna-t-elle. Ceci est une boutique de poupées. Pas de lapins.

Édouard ne répondit pas.

— Ouste! ajouta la poupée.

— J'aimerais bien m'en aller, répondit Édouard, mais de toute évidence, je ne le peux pas.

La poupée garda le silence un long moment, puis elle dit :

— J'espère que tu ne t'imagines pas que quelqu'un va t'acheter.

Une fois de plus, Édouard ne répondit pas.

— Les gens qui entrent ici veulent des poupées, pas des lapins, reprit-elle. Ils veulent des poupées bébés ou des poupées élégantes comme moi, des poupées avec de jolies robes, des poupées avec des yeux qui s'ouvrent et qui se ferment…

— Ça m'est égal de ne pas être acheté, coupa Édouard.

La poupée suffoqua de surprise.

— Tu ne veux pas que quelqu'un t'achète? répéta-t-elle. Tu ne veux pas appartenir à une fillette qui t'aimerait?

Sarah Ruth! Abeline! Ces noms résonnèrent dans la tête d'Édouard comme les notes d'une chanson à la fois triste et tendre.

— J'ai déjà été aimé, dit Édouard. J'ai été aimé par une fillette appelée Abeline. J'ai été aimé par un pêcheur et sa femme, par un vagabond et son chien. J'ai été aimé par un garçon qui jouait de l'harmonica et par une fillette qui est morte. Alors, ne me parle pas d'amour, conclut-il. Je sais ce qu'est l'amour.

Ce discours enflammé fit taire la voisine d'Édouard pendant un bon bout de temps.

— N'empêche, dit-elle enfin. Je suis toujours d'avis que personne ne va t'acheter.

Ils ne se reparlèrent jamais plus. La poupée fut vendue deux semaines plus tard à une grand-mère qui voulait l'offrir à sa petite-fille.

— Oui, avait-elle dit à Lucius Clarke, celle avec la robe verte, là-bas. Elle est vraiment ravissante.

— N'est-ce pas? approuva Lucius Clarke en retirant la poupée de l'étagère.

« Au revoir et bon débarras », s'était dit Édouard.

La place à côté du lapin resta vacante pendant un certain temps. Jour après jour, la porte de la boutique s'ouvrait et se fermait, laissant entrer le soleil du petit matin ou la lumière de fin d'après-midi, et cela réjouissait chaque fois le cœur des poupées, car toutes se disaient, lorsque la porte s'ouvrait, que cette fois, cette fois, la personne qui entrait serait celle qui voudrait d'elles.

Édouard était le seul à penser différemment. Il se faisait une fierté de ne rien espérer, d'interdire à son cœur de s'emballer. Il se faisait un honneur de garder son cœur silencieux, immobile et parfaitement clos.

« J'en ai assez d'espérer », se dit Édouard Toulaine.

Puis un jour, à la tombée de la nuit, juste avant de fermer sa boutique, Lucius Clarke installa une autre poupée sur l'étagère, à côté d'Édouard.

CHAPITRE VINGT-SIX

— Et voilà, madame. Je vous présente le lapin, dit Lucius.

Le réparateur de poupées s'éloigna et éteignit les lumières une par une.

Dans l'obscurité de la boutique, Édouard constata que la tête de la poupée avait été brisée et réparée, comme la sienne. En fait, de fines craquelures s'étendaient sur toute sa figure, comme une immense toile d'araignée. Elle portait un bonnet de bébé.

— Comment allez-vous? lança-t-elle d'une petite voix aiguë. Je suis enchantée de faire votre connaissance.

— Bonjour, répondit Édouard.

— Êtes-vous ici depuis longtemps? demanda-t-elle.

— Des mois et des mois, répondit Édouard. Mais je m'en fiche. Un endroit ou un autre, c'est du pareil au même pour moi.

— Oh, pas pour moi! s'exclama la poupée. J'ai cent ans, vous savez. Et durant toutes ces années, je suis passée par des endroits paradisiaques et par d'autres qui étaient horribles. Au bout d'un certain temps, on comprend que chaque endroit est différent. Et, de la même manière, on devient une poupée différente dans chaque endroit. Très différente, même.

— Cent ans? répéta Édouard.

— Je suis vieille. Le réparateur de poupées l'a confirmé. Pendant qu'il me réparait, il a dit que j'avais au moins ça. Au moins cent ans. Je suis vieille d'au moins cent ans.

Édouard songea à tout ce qui lui était arrivé au cours de sa courte vie. Quel genre d'aventures pouvait-on vivre si son existence comptait plus d'une centaine d'années?

La vieille poupée poursuivit :

— Je me demande bien qui va m'acheter cette fois. Quelqu'un viendra. Il y a toujours quelqu'un qui vient. Mais qui?

— Je me fiche bien que quelqu'un vienne m'acheter, commenta Édouard.

— Mais c'est terrible! lâcha la poupée. Vous n'avez aucune

raison de vivre si vous pensez de la sorte. Aucune. Vous devriez bouillir d'impatience. Vous devriez déborder d'espoir. Vous devriez vous demander qui va vous aimer et qui vous allez aimer la prochaine fois.

— J'en ai assez d'être aimé, lui répondit Édouard. J'en ai assez de l'amour. C'est trop douloureux.

— Quelle attitude! dit la vieille poupée d'un air indigné. N'avez-vous donc aucun courage?

— Il semble que non, répondit Édouard.

— Vous me décevez, dit-elle. Vous me décevez grandement. Si vous n'avez aucune intention d'aimer ou d'être aimé, alors l'odyssée de la vie n'a plus aucun sens pour vous. Vous pourriez aussi bien sauter de cette tablette et vous fracasser en un million de morceaux. Finissez-en! Finissez-en tout de suite!

— Je sauterais si je le pouvais, dit Édouard.

— Devrais-je vous pousser? dit la vieille poupée.

— Non merci, lui répondit Édouard.

« Comme si vous en étiez capable! » ajouta-t-il en lui-même.

— Vous dites?

— Rien, rien, répondit Édouard.

La boutique de poupées était maintenant plongée dans l'obscurité totale. La vieille poupée et Édouard étaient assis sur leur tablette et regardaient droit devant eux.

— Vous me décevez, dit encore la vieille poupée.

En entendant ces mots, Édouard songea à Pellegrina, aux phacochères et aux princesses, au fait d'écouter et d'aimer, aux mauvais sorts et aux malédictions. Et s'il y avait véritablement quelqu'un qui l'attendait pour l'aimer? Et s'il existait quelqu'un qu'il aimerait encore? Cela était-il possible?

Édouard sentit son cœur frémir.

« Non, dit-il à son cœur. C'est impossible. Impossible. »

Le lendemain matin, Lucius Clarke arriva et ouvrit sa boutique.

— Bonjour, mes chéries! lança-t-il à la ronde. Bonjour, mes jolies!

Il leva les stores des fenêtres. Il alluma la lumière au-dessus de son établi. Il tourna la pancarte de la porte, du côté où était écrit OUVERT.

Les premiers clients furent une fillette et son père.

— Cherchez-vous quelque chose en particulier? leur demanda Lucius Clarke.

— Oui, répondit la fillette. Je cherche une amie.

Son père l'installa sur ses épaules et ils arpentèrent tous deux la boutique à pas lents. La fillette examina chaque poupée attentivement. Elle regarda Édouard droit dans les yeux. Elle lui fit un signe de tête.

— As-tu fait ton choix, Natalie? lui demanda son père.

— Oui, répondit-elle, je veux celle qui a un bonnet de bébé.

— Oh! s'étonna Lucius Clarke. Tu sais qu'elle est très vieille. Cette poupée est une antiquité.

— Elle a besoin de moi, affirma Natalie avec fermeté.

La vieille poupée à côté d'Édouard laissa échapper un soupir. Elle semblait se tenir plus droite. Lucius s'approcha et la prit pour la tendre à Natalie. Quand ils partirent, quand le père de la fillette ouvrit la porte à sa fille et à la vieille poupée, un vif rayon de soleil matinal inonda la boutique. Et alors, Édouard entendit la voix de la vieille poupée très clairement, comme si elle était encore assise à côté de lui sur la tablette, et cette voix lui disait gentiment :

« Ouvre ton cœur. Quelqu'un viendra. Quelqu'un viendra pour toi. Mais tu dois d'abord ouvrir ton cœur. »

La porte se referma. Le rayon de soleil disparut.

« Quelqu'un viendra. »

Le cœur d'Édouard frémit. Et, pour la première fois depuis un bon bout de temps, le lapin songea à la maison de la rue d'Égypte, à Abeline qui remontait sa montre, qui se penchait vers lui et qui la déposait sur sa jambe gauche en disant : « Ne t'inquiète pas. Je reviendrai. »

« Non, non, se dit-il. N'y crois pas. Ne te permets pas d'y croire. »

Mais il était déjà trop tard.

« Quelqu'un viendra pour toi. »

Le cœur du lapin de porcelaine avait commencé à s'ouvrir, une nouvelle fois.

CHAPITRE VINGT-SEPT

LE CŒUR D'ÉDOUARD FRÉMIT.

LES SAISONS PASSÈRENT, L'AUTOMNE, L'HIVER, le printemps et l'été. Les feuilles des arbres entraient par la porte entrouverte de la boutique de Lucius Clarke, tout comme la pluie et la lumière verte du printemps, si outrageusement remplie d'espoir. Des gens allaient et venaient, des grands-mères, des collectionneurs de poupées et des fillettes accompagnées de leur mère.

Édouard Toulaine attendait.

Il se répétait inlassablement les paroles de la vieille poupée jusqu'à ce qu'elles deviennent une musique d'espoir très douce, qui berçait son cerveau : « Quelqu'un viendra. Quelqu'un viendra pour toi. »

La vieille poupée avait raison.

Quelqu'un vint.

Cela se passa au printemps. Il pleuvait. Il y avait des fleurs de cornouiller sur le plancher de la boutique de Lucius Clarke.

C'était une toute petite fille, cinq ans peut-être. Pendant que sa mère se débattait pour fermer son parapluie bleu, la fillette fit le tour de la boutique, s'arrêta devant chaque poupée pour la regarder solennellement avant de continuer.

Quand elle arriva devant Édouard, elle s'immobilisa un long moment. Elle le regarda et il la regarda aussi.

« Quelqu'un viendra, se dit Édouard. Quelqu'un viendra pour moi. »

La fillette sourit et se mit sur la pointe des pieds pour prendre Édouard sur la tablette. Elle le berça dans ses bras. Elle le serra de la même façon que Sarah Ruth l'avait serré : avec force et tendresse.

« Oh! se dit Édouard. Je me souviens de cela. »

— Madame, intervint Lucius Clarke, pourriez-vous vous occuper de votre fille? Elle a dans les bras une poupée très fragile, très précieuse et très, très chère.

— Maggie, dit la femme en jetant un coup d'œil par-dessus son parapluie toujours coincé. Qu'as-tu trouvé?

— Un lapin, répondit Maggie.

— Un quoi? dit la mère.

— Un lapin, répéta Maggie. Je le veux.

— Souviens-toi : nous n'achetons rien aujourd'hui. Nous ne faisons que regarder, lui rappela la femme.

— Madame, s'impatienta Lucius Clarke. S'il vous plaît.

Le femme rejoignit sa fille et se pencha au-dessus d'elle. Elle baissa les yeux vers Édouard.

Le lapin éprouva un vertige.

L'espace d'une minute, il se demanda si sa tête n'était pas à nouveau fêlée, s'il n'était pas en train de rêver.

— Regarde, maman, dit Maggie. Regarde-le.

— Je le vois, dit la femme.

Elle laissa tomber son parapluie et porta la main au médaillon qu'elle avait autour du cou. Alors Édouard vit que ce n'était pas un médaillon. C'était une montre, une montre de poche.

C'était sa montre.

— Édouard? s'écria Abeline.

« Oui! » se dit Édouard.

— Édouard! s'écria-t-elle à nouveau, avec certitude cette fois.

« Oui! se dit Édouard. Oui, oui, oui. C'est moi! »

ÉPILOGUE

Il ÉTAIT UNE FOIS UN LAPIN DE PORCELAINE
qui était aimé par une petite fille. La petite fille emporta le lapin
avec elle en croisière sur l'océan, mais il tomba par-dessus bord et
fut récupéré par un pêcheur. Puis il fut enseveli sous des ordures et
déterré par un chien. Il erra ensuite plusieurs années avec les
vagabonds et servit même d'épouvantail pendant une courte
période.

Il était une fois un lapin qui aimait une petite fille et qui la vit
mourir.

Le lapin dansa dans les rues de Memphis. Sa tête fut fracassée
dans un restaurant, puis remise en un seul morceau par un
réparateur de poupées.

Alors, le lapin jura que plus jamais, il ne ferait l'erreur d'aimer.

Il était une fois un lapin qui dansait dans un jardin au printemps
avec la fille de la femme qui l'avait aimé au tout début de cette
longue odyssée. La fillette balançait le lapin à bout de bras en
tournant sur elle-même. Parfois, ils allaient si vite tous les deux
qu'on avait l'impression qu'ils volaient. Parfois, on aurait même
dit qu'ils avaient des ailes.

Il était une fois – et quelle merveilleuse fois! – un lapin qui
retrouva le chemin de sa maison.